페이서스코리아 고윤

이 책이
필요한
사람들

1. 2023년 강력한 마인드셋으로
변화와 성장을 이루고 싶은 사람에게 추천

2. 반복되는 일상에 지쳐 변화를 위한
강력한 동기부여가 필요한 사람에게 추천

3. 11만 팔로워 페이서스코리아의
성장비결이 궁금한 사람에게 추천

4. 남들과의 끊임없는 비교로
잃어버린 자존감을 되찾고 싶은 사람에게 추천

5. 내면에 숨겨진 거인을
깨우고 싶은 사람에게 추천

6. 행복한 삶을 살아가는 데 필요한
지혜를 얻고 싶은 사람에게 추천

7. 감정에 휘둘리지 않고
감정을 관리하는 법을 배우고 싶은 사람에게 추천

8. 실패에 대한 두려움을 극복하고
성공하고 싶은 사람에게 추천

9. 인간관계의 고통으로부터
자유로워지고 싶은 사람에게 추천

10. 가치있는 삶을 살아가기 위한
조언이 필요한 싶은 사람에게 추천

내면의 거인을 깨우는 방법

GIANT

페이서스 코리아 고윤 지음

1.

"이 중 동기부여가 가장 필요한 사람은 바로 저입니다."

11만 명의 팔로워들과 매주 소통하면서 생각은 날로 더욱 깊어진다. 사람들은 내가 무슨 구루(guru)* 처럼 가르침을 내린다고 생각한다. 엄청난 인사이트를 주는 존재라고 생각하는 것이다. 하지만 가장 많은 격려와 동기부여가 필요한 사람은 바로 메시지를 주기 위해 살기로 결정한 나 자신이다. 이 생각 때문에 매주 라이브 방송을 놓지 못한다. 어려운 순간을 보내고 있는 사람들을 격려하며 때론 따끔한 조언을 던지는 것은 내게 산소호흡기와 같다. 페이서스코리아를 시작하면서 그것이 나의 삶의 의미가 되었기 때문이다. 그렇다면 무엇이 나를 이토록 변하게 만든 것일까.

어느 날, 누군가가 내게 물었다.

---

* 힌두교, 불교, 시크교 및 기타 종교에서 일컫는 스승으로 자아를 터득한 신성한 교육자를 지칭한다.

"페이서스코리아의 급격한 성장을 만든 요인을 꼽는다면 뭐가 있을까요?"

이 질문을 받은 순간 나는 곧바로 생각에 잠겼다. 웬만한 질문에 빠르게 답을 내놓는 나에게 고민에 잠긴다는 것은 상당히 의외의 모습이다. 머릿속에선 본질의 본질을 찾아 더욱 깊은 곳으로 내려가고 있었다. 뭘까. 뭘까. 어떤 부분이 좋은 성장을 일궈냈을까.

'아'

내가 찾은 답은 바로 '20년의 고통'이었다. 답을 찾았지만 질문자의 의도를 해소해주지 못할 거라는 생각에 가벼운 아쉬움이 드는 답변이었다. 나는 어떻게 17살부터 50살까지 다양한 연령대의 상담을 진행하며 그들에게 공감과 해결책을 제시할 수 있었을까? 그것은 내게 20년의 고통이 있었기 때문이다. 그리고 그게 질문에 대한 정확한 답이었다. 남들이라면 한두 차례밖에 겪지 않을 어려운 순간을 나는 수차례 겪었어야 했다. 피할 수 있다면 지금이라도 피하고 싶을 정도의 힘든 순간들. 특히 가장 괴로웠던 것은 나의 힘듦이 곧 날 사랑하는 사람들의 힘듦으로 번진다는 점이었다. 가족의 고통, 내면의 고통, 가치관의 혼란, 경제적 고통, 직장의 고통, 따돌림, 건강, 인간관계, 방황, 도피, 최악의 순간들까지. 쓴 약재를 20년 동안 달여 한 첩의 약방문이 되어버린 느낌이랄까.

잠시 하늘을 올려다보며 생각했다.

'앞으로 내 인생에서 경험할 행복한 일이 내가 겪은 고통을 모두 보상해줄 수 있을까?'

나는 인고의 시간을 통해 앞으로 어떻게 살아가야 할지에 대한 방향성을 깨닫게 되었다. 받으려 하지 않고도 주는 법을 배웠고 한 인간으로서의 나를 만들었다.

한용운 님의 시 한 구절이 평생 내 마음을 떠나지 않는다.

'아이야 너는 커서 무엇이 될래'
'무엇이 되긴, 사람이 되어야지'

쓰라린 인생의 경험은 인간다움이라는 인생의 살갗을 더욱 단단히 만들어주었고 그 힘이 나를 이끌어 결국 많은 사람을 위한 메시지를 품게 했다.

2.

내가 마주하는 상담자들은 모두 내 인생 어느 순간에 존재하던 나 자신이다. 나도 그들과 비슷한 고통을 느꼈기에 '저도 그 아픔을 압니다'라는 치유의 에너지를 전할 수 있는 것이다.

이건 동기부여도 아니고 자기 계발도 아니다. 이건 어설픈 위로나 힐링

메시지가 아니다. 사람과 사람이 만나 회복(restoration)을 경험하는 순간이다. 이것은 행성과 행성의 충돌이자 새로운 우주로의 전진이 아닐까 싶다. 적어도 나에게 부여되는 의미는 그렇다.

당신이 앞으로 읽어갈 이 책이, 삶의 새로운 원칙(principle)을 만들어주길 바란다. 뻔하디뻔한 '독서'에 그치는 것이 아닌 새로운 인생으로의 문고리를 돌리는 행위가 되길 바란다. 원칙이란 타협하지 않는 것이며 평생을 걸쳐 지키기로 결심하는 것이다. 특히 근거 없는 정보가 팽배해 분별의 눈을 흐리고 발밑을 진흙탕으로 만드는 이 시대에 삶의 원칙은 더욱 필요하다. 당신의 삶에 필요한 것이 무엇이며, 마음을 울리는 것은 무엇이고, 삶의 빛이 당신을 어떤 방향으로 이끌고 있는지 책을 통해 느껴야 한다. 눈으로 책을 보되 귀로 듣고 마음에 심어야 한다.

내가 겪은 고통과 삶이 그러하듯 인생엔 장밋빛 순간들만 존재하지 않는다. 나의 삶도, 당신의 삶도 그렇지 않다는 사실을 나는 잘 알고 있다. 다음 장부터 넘겨볼 책의 내용은 그런 불안정한 삶의 순간들에 어떻게 대처해야 할지 알려줄 것이다. 초한지 손자의 병법에서 느낀 깨달음에서 현재 부자/성공한 사람들의 조언에 이르기까지 삶의 구렁텅이에서 올라오게 만들었던 깨달음들을 담담히 적어냈다. 부디 당신의 인생을 가로지르는 한 문장을 이 책에서 발견하길 간절히 바란다.

22년 12월 1일 부산으로 가는 열차 안에서

CONTENTS

프롤로그 08

01
인생의 만족감을 완성하는 5가지 이야기

왜 성공이 아니라 만족감인가? 16

❶ 좋은 인성은 주체적으로 가질 수 있는 요소다 19
❷ 실력이 모든 걸 증명한다 22
❸ 마인드셋은 정신의 자동화 시스템 25
❹ 불행을 이기는 행복을 누려라 28
❺ 삶에 도움이 되는 인간관계 마인드 29

02
이렇게 된 것은 누구의 문제인가?

이렇게 된 것은 누구의 문제인가? 34

❶ 과연 부모의 문제인가? 34
❷ 환경의 문제인가? 40
❸ 친구의 문제인가? 46
❹ 사회 구조의 문제인가 49

03
인생을 변화시키는 뼈 때리는 9가지 조언

지금 움직이는 사람이 승리한다 54

❶ PART 1. 변명 • 일단 변명부터 멈추자 58
❷ PART 2. 기준 • 낮은 기준에서 벗어나라 67
❸ PART 3. 만족 • 벌써 배부른가? 그만 자랑해라 78
❹ PART 4. 속도 • 조급한 마음을 제발 버려라 85
❺ PART 5. 부정 • 부정적인 것은 쳐다도 보지 마라 97
❻ PART 6. 비교 • 끊임없이 비교하면 끊임없이 우울하다 113
❼ PART 7. 유혹 • 유혹을 이길 수 있다는 착각을 멈춰라 120
❽ PART 8. 실천 • 그만 생각해라. 즉시 행동해라 128
❾ PART 9. 현실 • 매사에 위로받으려고 하지 마라 140

04
내 인생에서 체득해야 할 11가지 단어

인생을 살며 체득해야 할 11가지 단어 150

❶ 부자들의 8가지 아침 습관 150
❷ 시간 엄수(punctuality) 158
❸ 심적 여유 160
❹ 자기 신뢰 164
❺ 기버(giver) 166
❻ 매일 성장 169
❼ 자기교육 174
❽ 경험적 가치 180
❾ 관계 183
❿ 열망 213
⓫ 감정 218

05
내면의 거인을 끌어낼 수 있는 7가지 방법

내면의 거인을 끌어낼 수 있는 7가지 방법 226

❶ 지속해서 패턴을 바꿔라 226
❷ 시간 운영을 바꿔라 229
❸ 실패를 생각하는 관점을 바꿔라 234
❹ 지혜롭게 욕심을 부려라 236
❺ 어설프게 착한 사람이 결국 나쁜 사람이 된다 239
❻ 온실 속의 화초에서 벗어나라 242
❼ 열등감을 연료로 바꿔라 246

에필로그 252

CHAPTER 01

인생의 만족감을 완성하는 5가지 이야기

HOW TO BE A GIANT

01

왜 성공이 아니라 **만족감**인가?

당신에게 성공이 의미하는 것은 무엇인가?

성공의 정의는 사람마다 다르다. 우리가 흔히 이야기하는 성공은 다른 사람들이 추구하는 꿈일 수도 있고, 어릴 적부터 교육받아온 주입된 바람(desire)일 수도 있다. 나는 바로 이 지점부터 리셋 버튼을 누르고자 한다.

성공은 내가 직접 정의 내리는 것이다. 내 인생을 위해 내가 무엇을 원하는지 스스로 찾아내야 한다. 성공은 주관적이어야 한다. 대다수 사람은 객관적인 성공을 추구한다. 어떤 사람은 명예를 원하고, 어떤 사람은 유명세를 원하고, 어떤 사람은 많은 돈을 원하며 어떤 사람은 높은 지위를 원한다. 사람들이 바라는 성공 안에는 분명 내가 원하는 성공도 있다. 다만, 자신만의 성공에 대한 분명한 정의가 없이 다른 사람들의 성공을 좇다 보면 이내 맞지 않는 옷을 입고 있다는 생각을 피할 수 없게 된다. 결국 '내가 진정으로 원하는 것은 무엇인가?'라는 궁극적 질문으로 다시 돌아오는 것이다.

성공을 추구하는 과정에서 생겨나는 하나의 오류가 있다. 바로 내가 얻고자 하는 한 가지가 인생의 모든 문제를 해결해 줄 것이라는 환상이다. 많은 돈을 벌면 내 인생의 문제가 전부 해결된다는 환상이 균형 잡히지 않은 인생을 살도록 만든다. 사실 우리는 이미 알고 있다. 내가 원하는 것이 많은 돈이든 넓은 집이든 간에, 그것 하나만으로도 인생이 완전해질 수 없다는 사실을 말이다. 인간이라는 다면적이고 복잡한 존재는 소유만으로 완전해질 수 없다. 인생은 완벽한 조각 하나를 획득하는 복불복 게임이 아니라, 부족한 퍼즐 조각을 모두 맞추어 한 폭의 아름다운 그림으로 완성하는 것이다.

이를 위해 우리는 '인생의 조각'들을 모아야 한다. 우리가 필요한 인생의 조각을 모을 때 얻게 되는 결과물은 바로 충만감(wholeness)이다. 충만감이란 일종의 만족스러운 감정 혹은 만족스러운 상태를 말한다. 마치 극심한 갈증을 해소하는 깨끗한 물과 같다고 생각할 수 있다. 인생에서 충만한 감정을 느끼는 순간, 사람은 삶 전반에 대한 감사함을 갖게 된다. 감사라는 속성은 마음 깊숙한 곳에서 시작되어 곧 온몸으로 퍼져 나간다. 마음 깊은 곳부터 솟아나는 인생 전반에 대한 더할 나위 없는 만족감. 이보다 더 좋은 것이 있을까?

당신에게 묻고 싶다.

'마지막으로 행복감을 느낀 적이 언제인가?'

'마지막으로 진정으로 감사하는 마음을 가져 본 적은 언제인가?'

'현재 당신의 삶 전반에 대한 만족감은 몇 퍼센트인가?'

우리는 바쁜 일상과 끊임없이 일어나는 소음 속에서 인간이라면 마땅히 누려야 할 만족감과 행복을 놓치며 살아가고 있다. 보편적인 성공이 곧 삶의 만족을 의미한다고 생각하는가? 거두절미하고 성공보다 만족감이다. 방점을 찍어야 하는 쪽을 분명히 하자. 부족한 것 없이 만족감으로 인생이 가득 채워진 멋진 삶을 상상하고 꿈꾸자. 그때 비로소 당신이 진정으로 원하는 성공을 발견할 수 있을 것이다.

앞으로 소개할 5가지 요소는 행복한 인생, 나다운 인생을 살기 위해 필수적으로 익혀야 하는 요소이다. 물론 이것 말고도 다양한 요소를 언급할 수 있겠지만, 그럼에도 불구하고 만족감을 느끼게 하는 가장 기본은 이 5가지에서 시작한다.

❶ 좋은 인성은 주체적으로 가질 수 있는 요소다

인성을 갖춘다는 것이 무슨 뜻일까? 인성을 갖췄다는 말은 어떻게 해석되어야 할까? 가장 먼저 당신에게 전하고 싶은 핵심 메시지는 이것이다. 인성은 내가 주체적으로 선택해서 가질 수 있는 삶의 요소라는 것.

아이가 태어나고 처음 36개월 동안은 세상에 대해서 배우고 존재하고 느끼는 것을 받아들이는 일종의 프로그래밍이 되는 시기라고 한다. 만약 과거로 돌아가 이 시기를 새롭게 프로그래밍할 수 있다면 얼마나 좋을까? 우리가 내리고 있는 의식적 선택들은 무의식에 새겨진 프로그래밍에 의해 결정되는 경우가 다반사다. 따라서 주체적인 사고를 시작할 때면 이미 우리의 인성과 성향이 어느 정도 정해져 있다는 것이다. 사람은 환경에서 자유롭지 못한 존재이기에, 대략 20년이라는 시간이 지난 후 이미 고착되고 나서야 스스로에 대해 이해하고 수용하기 시작한다고 해도 과언이 아니다.

그렇다면 여기서 질문이 생긴다.

'나는 평생 기억에도 없는 어린 시절 환경에 의해 프로그래밍 된 인성을 기반하여 살아야 하는가? 결핍으로 인해 생긴 열등감, 부정적인 사고, 소극적인 태도, 쉽게 가시지 않는 불안과 꺼지지 않는 분노에 휘둘리면서 살아야만 하는가? 이건 너무 불공평한 것이 아닌가?'

다시 한번 핵심을 전한다. 인성은 내가 주체적으로 선택해서 가질 수 있는 삶의 요소다. 인성은 후천적으로 개발, 변화할 수 있다. 인성을 갖췄다는 말의 '갖추다'를 주목해보면 알 수 있다. 인성을 가꾼다고도 표현하지 않는가. 물론 극복하고 개발하는 과정이 간단할 것이라고 말하지는 않겠다. 그러나 충분히 가능하다. 방법은 똑같다. 나의 무의식에 새롭게 프로그래밍하여 덧씌우면 되는 것, 즉 환경을 조성하고 반복하여 훈련하는 것이다.

당신은 후천적으로 어떤 인성을 가진 사람이 되고 싶은가? 아마도 많은 사람에게 사랑받고, 높은 자존감을 지니고 있으며, 무엇이든 해낼 수 있는 자신감을 가진 사람일 것이다. 도전을 두려워하지 않고 새로운 일을 격파하며 인생을 주체적으로 이끌어 가는 것도 좋다. 늘 겸손한 태도를 유지하고 결핍으로 인한 열등감에 휘둘리지 않으며 모든 사람과 원만한 관계를 맺고 사랑하는 사람들과 멋진 인생을 살아가는 모습일 수도 있다.

어떤 모습이든 좋다. '내가 되고 싶은 나'의 모습을 다섯 가지만 적어 보자. 그리고 그것을 갖추기 위해 매일 꾸준히 훈련하다 보면, 어느새 점점 변하는 자기 자신의 모습을 만나게 될 것이다.

좋은 인성을 보다 빠르게 갖추는 한 가지 방법이 있다. 바로 내가 바라는 좋은 인성을 갖춘 사람을 멘토로 삼는 것이다. 그 사람을 만나서 대화하고, 시간을 보내고, 그 사람처럼 행동하고, 웃음 짓고, 손짓하다 보면 자연스럽게 그런 사람의 모습으로 닮아가기 시작한다.

반면 스스로 마음에 들지 않는 모습이 있다면 생각해 보자. 그 모습을 가장 많이 가진 사람은 누구인가? 가까운 친구일지도 모르고 어쩌면 부모님일지도 모른다. 이것을 잘 인지하는 것 또한 매우 중요한 일이다. 우리는 어떤 사람과 함께 시간을 보내는지에 따라 변화하기도 한다. 이는 인성, 인격, 행동, 성격뿐만 아니라 인생 전반에 이르기까지 많은 영향을 끼친다. 그렇기에 인지하고 방어해야 한다. 피하고 단절할 수 없어도 스스로 자각하고 적정 거리를 조정할 수는 있다.

좋은 인성을 갖춘 사람이 되기 위해 꼭 기억해야 하는 한 가지는 바로 '배려'다. 상대를 효과적으로 배려하는 사람은 모든 사람에게 환영받는다. 이따금씩 배려를 당연하게 여기며 나를 무시하는 사람을 만나기도 하지만 그런 사람들은 배려의 가치를 이해하지 못하는 사람들이기에 내 인생에서 결국 사라지게 될 것이다.

배려는 비언어적 표현에서 굉장히 강력히 드러난다. 눈을 마주치고, 손잡이를 잡아 주고, 상대에게 필요한 세심한 것을 알아채는 등 말보다 행동에서 더 크게 드러난다. 좋은 인성을 갖춘 사람으로 만족스러운 인생을 살고 싶다면 배려에서 그 첫걸음을 시작하길 권한다.

❷ 실력이 모든 걸 증명한다

인생의 성과는 결국 나의 실력에서 판가름 난다. 실력이야말로 그 사람의 인생의 가치를 높이는 가장 중요한 잣대다. 꽤 많은 사람이 실력을 제외한 것에 신경을 많이 쓰는 편이다. 어떤 사람은 인맥이 중요하다고 하고 어떤 사람은 갖고 태어난 재산이 중요하다고 한다. 심지어 어떤 사람은 본인이 가진 것을 바탕으로 계급을 미리 나누어 판가름을 내기도 한다.

나의 회사 생활은 실패의 연속이었다. 돌이켜보면 유능한 사람들은 대체로 부모님의 지원과 교육을 통해 많은 능력을 얻었고, 나는 그 문턱을 넘을 수 없을 것이라는 열등감이 가득했다. 회사에 적응하지 못하고 곧 도태될 것이라는 생각이 강하게 들었던 나는 사업으로 눈을 돌렸다. 사업 또한 선택받은 사람들만 하는 것이라는 두려움이 몰려들었지만, 실패의 고리를 끊고 싶은 열망이 더 강했다. 그렇게 아무것도 모른 채 도피성이 짙은 사업을 시작했다. 사업을 위해 만난 사람들과 술자리를 갖게 되면 이런 이야기가 자주 나왔다.

"한국 사회는 결국 인맥이야 인맥이 좋아야 돈도 벌고 인맥이 좋아야 사업도 잘할 수 있어."

초짜 사업가였던 나는 그 말을 철석같이 믿고 사람들이 모이는 곳을 찾아다녔다. 되도록 많은 일에 참여하려고 하고, 좋은 인상을 남기려고 노력했다.

하지만 결국 남는 것은 없었다. 내가 쓸 수 있는 시간과 체력은 정해져 있었고, 사람들과 시간을 보내는 동안 사업의 성장은커녕 개인의 성장도 없었기 때문이다. 그렇게 나의 사업은 점점 힘을 잃어갔다. 실패의 고리를 끊고자 선택한 사업마저 실패로 기울기 시작할 때, 온몸으로 느껴지던 싸늘함을 기억한다. 마치 찬물을 끼얹은 듯한 느낌. 나는 수많은 시간을 허비하고 난 후에야 깨닫게 됐다. 결국, 인생을 좌우하는 것은 환경도, 인맥도 아닌 내가 가진 실력이라는 사실을 말이다. 아무리 좋은 인상을 남긴다 한들 실력이 없으면 소용이 없는 일이다. 아무리 좋은 사람이라고 인정을 받는다고 한들 실력이 없으면 어떤 일을 얼마나 같이할 수 있겠는가. 실패의 원인은 명백했다. 실력이 탁월하지 않으니 문제가 생긴 것이다. 그리고 다른 곳에서 실패의 원인을 찾았기 때문에 그 실패는 계속 반복되고 있었다.

그 이후로 나는 모임을 하나씩 정리하기 시작했다. 그리고 그 모든 시간을 모아 나 자신에게 집중하기 시작했다. 실력을 키우고, 상품을 만들고, 어떻게 하면 내가 압도적인 수준으로 성장할 수 있는지를 연구하기 시작했다. 재미있는 사실은 그렇게 실력이 쌓이고 할 줄 아는 것이 많아지니 자연스레 사람들이 모여든 것이다. 그렇다. 결국 실력이 있으니 모든 것이 자연스럽게 흘러가기 시작했다. '실력이 있으면 뭘 해도 상관없어'라는 실력주의적인 말을 하려는 것은 아니다. 바로 전에 인성을 이야기했다는 것을 기억하길 바란다. 당신이 그 어떤 일을 하더라도 내면에 단단한 실력이 자리 잡도록 집중하길 바란다. 그래야 다른 것도 논할 수 있게 된다. 다양한 기준이 존재하지만, 필요 없는 것에 혹해 시간을 허비하지 않길 바란다. 당신이 사업적인 아이디어나 돈, 학벌, 집안 등을 갖추고 있다면 그것은 당신에게 좋은 일이다. 그것을 활용하지 않을 필요도 없다. 오히려 적극적으로 활용하여 당신이 원하는 성공을 이루기를 바란다. 그러나 당신이 특별히 가진 것이 없고, 지원해 줄 수 있는 존재가 마땅치 않다고 절망하지 않기를 바란다. 괜찮다, 이제부터 실력에 집중하면 되니까. 당신의 근간이자 모든 것을 극복할 수 있는 열쇠가 바로 실력이라는 걸 기억하라. 브라이언 트레이시의 말처럼 내가 속한 분야에서 상위 10% 안에 들 수 있도록 노력하자. 꾸준한 노력이 뒷받침될 때 사람들은 당신을 저절로 알아볼 것이다. 당신이 투자했을 시간과 노력, 그리고 인내는 자연스럽게 드러나게 된다.

"기본이 깔려 있어야 그다음을 잘하는 거예요. 기본이 안 되어 있는데 다음 걸 생각하면 말도 안 되죠." **〈손흥민〉**

실력에는 시간과 노력이 동반되어야 한다. 그리고 무엇보다 꾸준해야 한다. 우연과 실력을 혼동해서는 안 된다. 우연은 우연일 뿐, 그것이 실력이 되기 위해서는 언제 어디서나 꾸준히 같은 실력을 발휘할 수 있어야 한다. 장인은 공구 탓을 하지 않는다는 말, 폼은 일시적이어도 클래스는 영원하다는 말처럼 그 사람이 가진 꾸준함과 노력이어야 말로 실력의 가장 큰 밑거름이다.

그러니 시간과 노력을 들여 실력에 투자해라. 그것이 곧장 당신의 자산이 된다. 실력 없이 말만 앞선 사람은 끝내 무릎을 꿇고 말 것이다.

❸ 마인드셋은 정신의 자동화 시스템

마인드셋 이라는 단어에 대해 사람마다 다양한 정의를 내릴 수 있겠지만, 나는 마인드셋을 일종의 정신 시스템이라고 생각한다. 시스템을 갖춘다는 것은 무엇일까? 시스템은 내가 무언가를 굳이 하지 않아도 자동화되어 나의 생각과 인생을 특정한 방향으로 흘려보내는 것을 의미한다.

마인드셋이라는 단어와 시스템이라는 단어를 생각할 때마다, 나는 산에서 내려오는 시냇물이 항상 떠오른다. 산 정상에 비가 내리면, 그 비가 모여 작은 물줄기로 흐른다. 그것이 곧 시냇물이 되고, 강으로 흘러 바다가 되는 것이 시스템의 예시이다. 이처럼 내 안에 어떠한 생각이 들어오더라도 그 생각을 좋은 것으로 바꿔 내 인생에 도움이 되도록 만들어 버리는 것이 바로 좋은 시스템, 즉 마인드셋이다.

마인드셋은 항상 방향성을 띠고 있다. 내 마인드셋이 옳지 않은 방향을 향하고 있다면, 좋은 일도 나쁘게 해석할 것이고 항상 부정적인 감정에 휩싸여 지낼 것이다. 마치 물이 흐르는 방향을 잃고 한 곳에 고여 썩는 것과 같다. 하지만 올바른 방향의 마인드셋이 마음에 자리 잡고 있다면, 심지어 부정적인 것을 통해서도 배우고 성장할 수 있게 되며 좋은 일을 지속적으로 경험하게 된다. 이런 선순환의 흐름은 우리로 하여금 특정한 생각을 하게 만들고, 반복적인 생각은 패턴을 만들며, 그 패턴은 곧 성공을 향한 지표가 된다. 인생을 살아가는 건강한 신념으로 성장하는 것이다. 따라서 성공적인 인생은 하나의 올바른 마인드셋, 즉 하나의 생각에서 출발한다고 볼 수 있다. 올바른 마인드셋을 가진 사람은 목표에 대한 의지가 정확하다. 그리고 그것을 이루기 위해 희생할 준비도 되어 있다. 할 수 있다는 믿음이 강력하게 자리 잡고 있기에 어려운 일이 다가와도 포기하지 않는다.

한 아이가 아빠와 게임을 하고 있다. 게임이라는 것이 그렇듯이 늘 이길 수는 없었다. 게임에서 졌을 때 화면에는 [미션 실패]라는 단어가 떴다.

그 순간 아들이 아빠한테 물어봤다.

"아빠 미션 실패가 무슨 뜻이야?"

아빠가 대답했다.

"다시 도전하라는 뜻이야."

그 순간 아들에게 실패는 두렵고 화가 나는 것일까? 아니면 게임을 다시 할 수 있는 기회로 여겨질까?

인생에서 마인드셋이 그토록 중요한 이유는, 우리가 실패 없이 성공을 경험하는 확률이 희박하기 때문이다. 우리가 새로운 것에 도전하면 할수록 실수는 경험할 수밖에 없다. 실패하지 않고 처음부터 성공에 도달하겠다는 것은 욕심이다. 모두에게 공평하게 적용되는 세상의 이치인 것이다. 처음 했는데 잘하는 사람이 몇 명이나 되겠는가? 한 번의 성공 뒤편에는 수많은 실패가 수반된다. 빛나는 성공만 바라보며 그 뒤의 실패를 바라보지 못하는 어리석음이 올바르지 못한 마인드셋을 자리 잡게 만드는 원인이다. 물론 누군가에게는 든든한 조력자가 있어 나보다 좀 더 잘 닦여있는 길을 걸을 수도 있다. 하지만 그도 실패를 경험한다. 중요한 것은 실패의 횟수, 여부가 아니다. 실패에 대한 면역이다.

성공을 경험하는 소수는 단단하고 올바른 마인드셋을 바탕으로 실패에도 굴하지 않는 정신세계를 구축하여 결승선에 도달 한 사람들이다. 결승전에 도달할 때쯤 당신은 결국 깨닫게 될 것이다. 실패는 우리가 느끼는 것만큼 깊은 구렁텅이가 아니라 결국, 성공을 위한 징검다리에 불과했다는 사실을 말이다.

앞으로 수많은 반대의 소리를 듣게 될지도 모른다. 조언 같지 않은 조언을 해준답시고 당신의 마음을 뒤숭숭하게 만드는 사람이 나타날 것이다. 버텨내자. 화면에 [미션 실패]가 떴다면 [다시 하기]를 누르자. 진정으로 원하는 삶을 만들어내는 것이 내 인생에 주어진 미션이라고 생각하자.

❹ 불행을 이기는 행복을 누려라

행복에도 노력은 필요하다. '언제든 오겠지' 생각하며 손 놓고 있지 말기를 바란다. 노력한 사람만이 행복을 쟁취할 수 있다. 행복이 달콤한 것은 누구도 부정할 수 없다. 하지만 대다수 사람은 '어떻게 하면 행복을 얻을 수 있냐'라는 질문에는 쉽게 답하기 어려워한다. 행복은 그만큼 주관적이기도 하며, 원래 달콤한 것은 항상 내 주변에 있지 않다. 그렇다면 왜 행복을 얻기 위해 노력해야 할까?

행복한 사람은,

● 인생의 위기를 잘 풀어나간다.

● 긍정적이기에 일이 또 잘 풀린다.

● 주변에 행복한 에너지를 전달한다.

● 사소한 것에 큰 행복감을 느낄 줄 안다.

● 관계에 문제가 없고 원만하다.

● 매일 행복을 위해 무언가를 해내고 성취한다.

이처럼 당신이 행복한 사람이 되면 당신 주변으로 밝은 사람들이 모일 것이다. 그들은 당신과 함께하고 싶어 할 것이고, 여러 개의 기회가 찾아올 것이다. 당신은 행복한 삶을 더 일구고 싶은 마음에 몸을 움직이게 될 거고 결국 행복한 순간을 더 많이 맞이하게 될 것이다.

행복하지 않은 사람은 작은 것의 소중함을 놓치며 살아간다. 많은 것이 무미건조해지고, 그러다 보면 관계나 행동들의 섬세함이 약해지기 마련이다. 섬세하지 못한 행동은 실수를 부른다. 실수의 연속은 신뢰를 잃게 만든다. 당신이 가진 것을 망연히 놓치게 될 것이다. 그러니 행복하기 위해 최선을 다해 노력하라. 불행한 사람은 자신의 목표를 향해 나아가는 매 순간이 고통스럽다. 기억하라, 불행을 이기는 강력한 힘은 일상의 행복감이다.

"아쉽지 않고, 아프지 않은 인생이 어딨어. 내 인생만 아쉬운 것 같지만 다 아프고 아쉬워. 포기할 줄 알아야 해. 나 웃고 살기로 했어." **〈윤여정〉**

❺ 삶에 도움이 되는 인간관계 마인드

가끔 나 혼자만 우직하게 나아가면 된다고 믿는 사람들이 있다. 하지만 우리는 사회 속에 존재하는 인간이다. 당신의 이름은 누군가가 지어준 이름이며, 당신의 집, 옷, 밥, 심지어 당신이 생산하는 무언가도 누군가가 소비해야 가치가 생긴다. 우리는 이 모든 걸 관계로 포함한다. 이 점을 절대 간과해서는 안 된다. 당신의 성공은 오직 당신의 만족감만을 위하고 끝나는 것이 아니라, 결국 이 사회를 살아가는 사람들에게 어떠한 영향을 미쳐야 비로소 가치를 지니게 된다. 당신은 그 목표를 이루기 위해 수많은 관계를 맺어야 할 것이다. 인생의 성공과 규모가 커질수록 사회적 관계는 자연스럽게 늘어날 수밖에 없다는 사실을 잊어선 안 된다.

"한번 맺은 인연을 소중히 하지 않고 사람을 귀히 여기지 않거나 수단으로 생각하는 사람이 되면 안 된다. 인연을 소중히 여기는 습관이 사람을 불러 모은다." 〈이병철 회장〉

어떠한 관계들이 당신에게 도움이 될까? 많은 사람이 이 지점을 꽤 궁금해하겠지만, 개인의 상황이 다 다르다는 걸 인지한다면 우리에게 도움이 되는 관계는 사실 명쾌하게 나눌 수 없다. 이 세상에 필요한 배움과 불필요한 배움을 나눌 수 없는 것처럼 관계 또한 이와 유사하다. 당신에게 필요한 관계와 불필요한 관계는 쉽게 눈에 보이지 않는다. 그렇기에 단순한 일회성 관계 속에서도 최선을 다하기를 권한다. 관계에 집착하지 않되, 소중하게 여기는 것. 어떤 사람을 통해 어떤 기회가 생길지 모르니 항상 마음의 문을 열어둘 것. 상대보다 먼저 좋은 사람이 되기로 하는 것, 그것이 현명한 관계 즉, 당신에게 도움이 되는 마인드다.

CHAPTER 02

이렇게 된 것은 누구의 문제인가?

HOW TO BE A GIANT

02

이렇게 된 것은 **누구의 문제**인가?

❶ 과연 부모의 문제인가?

1) 솔직하게 말해보자 부모님 책임이 1도 없나?

아니 있다. 무척이나 많이 있다.

부모 책임은 없다고 떠드는 사람들이 더 문제다. 그들을 탓하지 말라고 말하는 사람도 문제다. 이런 식으로 떠드는 사람들의 가장 큰 문제는 근본적인 문제와 원인을 제대로 인지하지 못하게 한 채 눈을 가리게 만든다는 점이다. 그리고 우리는 당연하게도 성장 과정에서 부모에게 내 모든 책임이 다 맡겨진 채 길러져 왔다. 또 누군가는 책임이란 단어 자체가 적용되지 않을 사람도 있다. 또 누군가는 책임이란 이름 아래 억압과 구속, 폭력에 시달려야 했을 수도 있다.

그중 부와 성공의 기준에서 가장 많이 언급되는 것은 '가난'이다. 폭력과 억압의 트라우마 때문에 고통받는 것만큼 가난 또한 깊은 트라우마를 낳기 마련이다. 가난했기 때문에 가져보지 못했고, 가난했기 때문에 해보지 못했던 것이 맞다. 유년 시절 가난의 책임은 당신의 것이 아니었다. 정확히 부모의 책임이다. 이러한 지점은 성인이 되어서도 당신의 발목을 잡기도 한다. 부모와 가족은 당신의 굴레가 될 수 있다. 우리는 문제를 정확하게 파악해야 한다.

문제를 정확히 파악해야 하는 중요성만큼이나 중요한 건 그것은 이미 결정된 것이고 세상은 원래 불공평하다는 사실이다. 부모가 훨씬 더 좋은 사람이 없다면, 더 나은 환경을 내게 제공했더라면 좋았을 것이다. 그것을 바라지 않는 사람은 아무도 없다. 하지만 그것을 전부 탓하는 것만큼 의미 없는 활동도 없다. 아마 당신도 알고 있을 것이다 몇 가지 폭력이나 극심한 가난 등 힘든 상황에 있는 사람들을 제외하면 최선을 다하지 않는 부모는 없다. 따라서 부모님 책임이 있다고 말하는 것은 상황이 좋았더라면 내가 분명 달라질 수 있었으리라는 것을 재확인하는 것뿐이다. 이토록 단호하게 부모님의 책임이다. 라고 언급한 것만큼 부모님의 책임으로 변명하는 것은 여기서 멈추자. 여기에 다 두고 다음 글로 넘어가자. 우리가 진심으로 고민해야 하는 부분은 누구의 책임 인재를 찾아내는 것이 아니라. 가족 환경과 부모님을 바탕으로 내가 어떤 사람인지를 분명하게 이해하는 것이다.

2) 싱크로나이징의 위험성

우린 쉽게 의사 집안 출신의 자녀가 의사가 되는 것을 목격하곤 한다. 그리고 서울대 출신 집안, 선생 출신 집안이라는 말 또한 쉽게 들린다. 왜 이들에겐 부와 직업 그리고 뛰어난 학벌이라는 것이 대물림되는 것일까? 단순히 유전자 때문일까? 만약 유전자 문제라면 카펫 세탁업자의 자녀 또한 비슷하게 되어야 정상이다. 하지만 카펫 업자는 이를 끊어냈다. 그러니 부디 바보같이 유전자니, 아이큐 탓을 하지 말자. 가장 중요한 것은 성공할 수 있는 삶의 태도를 어떻게 대물림했냐는 점이다.

카펫 세탁업을 하는 사람이 있다. 일평생 자신뿐만 아니라 집 안 대대로 가난하게 살았던 그에겐 두 자녀가 있다. 자녀 교육엔 크게 관심이 없던 그는 지금 처한 상황에 만족하며 하루하루를 버티듯 살아가는 중이다. 그러던 어느 날, 평소와 같이 한 예식장에 깔린 카펫 세탁 작업을 하던 그는 엘리베이터

고장으로 비상계단으로 향했다가 계단을 청소 중인 사람들을 만나게 된다. 그리고 그는 이내 큰 충격을 받게 된다. 계단 청소를 중인 사람이 남편과 아내, 그리고 그의 아들로 구성되어있는 사람들이었기 때문이다. 순간 그는 깨닫게 되었다.

"이 가난의 대물림을 내 손에서 끝내야겠다."

그때부터 카펫 업자는 가정용 카펫을 세탁하고 고객의 집으로 배달할 때마다 그 집에 걸린 사진을 유심히 살펴봤다. 가령 서울대나 유명 대학 입학 졸업식 사진이 걸려있으면 카펫 세탁비를 받지 않는 대신 공부시킨 방법을 알려 달라고 했다. 고졸에 허름한 옷을 입고 세탁한 카펫을 배달하러 온 그는 그렇게 질문하는 것이 부끄러울 법도 했지만, 그의 의지에는 부끄러움보다 간절함이 더 컸다. 그렇게 한 푼, 한 푼 세탁비 대신 얻은 공부법으로 그는 아이들을 공부시켰다. 그렇게 두 자녀는 원하던 대학을 진학하게 되었고 가난의 대물림을 매듭지을 수 있었다.

서울대, 의대 출신의 부모는 의대나 서울대를 가기 위해선 얼마나 열심히 공부해야 하는지 알고 있을 것이다. 선생 집안 출신의 부모는 선생이 되기 위해 어떤 것을 해야 하는지 잘 알고 있을 것이다. 허나 스스로 성공하는 삶에 대한 노력과 공부가 부족했던 사람은 얼마나 노력해야 그 위치를 올라갈 수 있는지에 대한 지식이 부족하다. 결국, 가난과 성공의 대물림은 자세의 대물림이다. 그렇다고 카펫 업자나 일용직 노동자가 절대로 노력하지 않았다는 것은 아니다. 냉정하게 우리가 꿈꾸는 위치가 그보다 더 높은 위치인 것만큼은 사실이다. 그러니 스스로를 교육해라. 교육을 통해 더 나은 자세와 지식을 물려줄 수 있는 사람이 되어야 한다.

3) 이 악순환을 어떻게 벗어날 것인가?

부모와 가족이라는 최악의 조건을 달고도 해내는 사람이 있다. 그들은 자신의 조건에 굴복하지 않고 해결책을 찾아내 악순환의 굴레에서 벗어날 수 있었다. 그렇다면 그들이 벗어날 수 있었던 방안은 무엇일까?

첫 번째는 스스로 타고난 재능을 파악해야 한다. 대다수 이런 질문을 받게 되었을 시 '나는 재능이랄게 없어요'라고 말한다. 이런 말을 하는 사람은 대다수 재능이란 말을 굉장히 어렵게 받아들여 김연아, 손흥민, 허준이 교수 같은 세계적으로 탁월한 재능을 발휘하는 자를 떠올리는 경우가 많은데 그렇게 접근해선 안 된다. 재능이란 당신이 쉽게 할 수 있는 것이다. 당신에게 쉬운 것이라면 당신은 이미 그것에 재능이 있다는 것이다. 꼭 다른 누군가와 상대적으로 비교해 그것을 파악할 필요는 없다. 이렇게 하나하나 본인에게 쉬운 무언갈 찾아 나가면서 스스로가 무엇을 해야 할지 파악해나가면 된다.

두 번째는 부정적 상황과 성장의 연결고리를 끊어내야 한다. 소년원에서 출소한 청소년의 재수감률은 상당히 높은 편이다. 많은 청소년 전문가는 이를 두고 '출소해도 이들의 환경과 상황이 바뀌지 않기 때문이다'라고 말한다. 비슷하게 마약 또한 재범률이 상당히 높다. 주위에 마약을 하는 사람들이 아직 남아있기 때문이다. 결국, 그곳에서 벗어나 성장하고 싶다면 그 상황에서 완벽히 벗어나야 한다. 단순히 벗어나는 정도가 아니라 그냥 모든 연결을 끊어 버려야 하는 것이다. 혹시나 하면서 뒀던 실낱같은 연결고리는 또다시 당신의 발목을 잡게 될 것이고 오랜 기간 어렵게 빠져나온 상황은 순식간에 당신을 다시 원래 자리로 끌고 갈 것이다.

세 번째는 강력한 열망의 기를 모으며 열망하는 것이다. 반드시 될 거란 믿음을 가지고 그 열망을 차곡차곡 쌓아나가면 단단한 나무처럼 작은 것에 무너지지 않는 뿌리를 가질 수 있다. 세상 모든 것이 무너질 만큼 큰 시련이 찾아올 수도 있지만, 그 안에서 스스로 열망하는 자는 끝내 살아남을 것이다. 포기하는 순간 그 인생은 끝나버리니 끝까지 열망의 기를 모아라. 손오공이 원기옥을 모으듯 당신이 차곡차곡 쌓아 올린 열망의 기는 언젠간 강력한 에너지로 발산하여 당신의 원하는 성공으로 이끌어 줄 것이다.

❷ 환경의 문제인가?

1) 인간은 환경에서 자유로울 수 없다

일을 하거나 공부를 하는 사람들은 흔히 집중할 수 있는 장소를 찾곤 한다. 그곳이 카페나 작업실이 될 수도 있고, 또는 직장이 될 수도 있다. 그리고 우리는 그 장소에서 집중하는 것이 지칠 시 "나머지는 집에 가서 해야지"라는 생각을 하며 짐을 챙겨 따뜻한 보금자리로 돌아오곤 한다. 그 이후는 사실 딱히 말하지 않아도 잘 알 것이다. 집에서 가장 어려운 것은 책을 펴는 것이며 그 전에 책상에 앉는 것 자체가 어렵다. 편안한 장소에선 편안함을 찾고 싶어지고 그렇게 집에서 마저 하겠다는 마음은 사라지고 어느덧 유튜브나 보다가 '3시간만 자고 마저 해야지!', '푹 자야 컨디션 좋게 할 수 있지 않을까?'라는 생각 속에서 결국 아무것도 하지 않은 채 허망한 아침을 맞이하곤 한다. 그때 흔히 그러지 않는가.

'나는 왜 이 모양이지?'

문제는 우리가 이런 일상을 끊임없이 반복하고 있다는 점이다. 사람들은 이를 '자기 괴리감'이라 부른다. 자기 괴리감은 당신이 스스로 합의한 환경 속에서 가장 많은 영향을 끼치게 만든다.

오랫동안 전문적으로 영어를 교육해 온 나는 가끔 일대일 문의를 받아 과외를 했다. 당시에 만났던 아이는 집에 오자마자 가방을 바닥에 두고 침대에 누워 버리는 습관을 지니고 있었다. 매일 침대에 누워있는 아이를 보며 아이의 어머니는 속상해하셨다. 이 문제로 부모와 자식 간에 갈등도 있었으니 얼마나 서로 속상했을까. 하지만 교육자인 내 눈엔 그 아이가 맨날 침대에 누워있는 것은 너무나 당연했다. 왜냐하면 방에 70% 이상을 차지하는 것이 바로 침대였기 때문이다. 방에 들어오자마자 가장 먼저 보이는 것도 침대이고 침대 중심의 생활이 일상화되어있으면 학교를 막 다녀온 아이의 눈에 침대는 너무나 편안한 유혹이었을 것이다. 아니, 설령 나라고 하더라도 그 침대의 유혹에서 이기기 어려웠을 것이다. 책상이 침대만큼 클 순 없겠지만 방 대부분을 침대가 차지하고 있다면 당연히 책상보다 침대에 눕게 되지 않을까.

앞서 이야기했던 아이의 사례처럼 사람이라면 그 누구도 환경에서 자유로울 수 없다. 환경에서 자유로울 수 있다고 믿는 것 자체가 가장 빨리 실패하게 만드는 1순위가 될 것이다. 그러니 제발 환경을 초월할 수 있다고 믿지 마라.

우리는 환경을 먼저 바꿔야 한다. 우리가 만나는 관계의 환경을 바꿔야 하고 업무 환경과 공부 환경 또한 바꿔야 한다. 환경을 바꾼다는 것은 환경을 조성한다는 의미도 있다. 손이 닿는 곳에 필요한 물건을 놓고 공부하기 좋은 환경을 구성하는 것. 하지만 이 사실보다 더 중요한 것은 바로 각 환경의 분리다. 이것은 내가 쉬는 곳에서 쉬고 일하는 곳에서 일하는 것을 뜻한다. 공부하고 싶다고 하면서 침대가 있는 방에 있는 건 말이 되지 않는다. 공부하고 싶다면 침대가 없는 곳으로 가야 한다. 마치 다이어트를 하고 싶은 사람이 냉장고를 열지 않는 것과 같은 이치이다. 환경을 바꿔 내는 것은 몰입을 좌우한다. 성과는 얼마나 몰입했는가에 따라 그 격차가 벌어지는데 몰입을 갖추는 첫 번째 조건이 바로 환경 조성이다. 나의 환경을 돌아보자. 내가 자는 방은 진정한 쉼을 얻을 수 있게 조성되어 있는가. 내가 일하는 공간에서 일에 집중할 수 있도록 환경이 조성되어 있는가. 하루 날을 잡고 최고의 몰입을 가져다줄 수 있도록 모든 것을 다시 세팅해 보자. 아마 새로운 몰입의 결과를 경험할 수 있으리라 장담한다.

2) 관계의 환경을 먼저 바꿔라

① 너 자신을 알라

인간사에는 유유상종이라는 말이 존재한다. 내가 어떤 사람인지 궁금하다면 내 옆에 어떤 사람이 있는지를 확인하면 된다. 내 주위에는 어떤 사람이 있는가? 회사 상사에 대한 욕을 일삼는 친구가 있는가? 아니면 매번 남자친구, 여자친구에 대해 같은 고민을 말하는 친구가 있는가? 당신은 이들을 보며 혀를 차며 '내 친구지만 이해 못 할 인간'이라고 할 수 있지만 그들의 영향력이 나에게도 미치고 있다는 사실을 알아야 한다. 아니, 사실 나도 이미 그들과 비슷한 사람일지도 모른다.

'네 친구를 나에게 보여 주면 너의 미래를 보여주겠다'는 조 단위 자산가인 댄 페냐(Dan Pena)의 말처럼 내 옆에 있는 사람들은 나를 드러내는 강력한 지표가 된다. 뼈아프지만 틀린 말은 아니다. 그리고 이 아픔을 올바르게 받아들이는 것만이 내가 달라질 유일한 기회일지도 모른다.

내가 괜찮은 사람인지 아닌지를 판단하는 아주 쉬운 방법이 한 가지 있다. 그것은 바로 친구를 만났을 때 어떤 이야기를 하는지 한 번 녹음해 보는 일이다. 내가 처음으로 친구와의 대화를 녹음했을 때 나는 녹음이 끝난 직후 그 친구한테 전화를 걸어 바로 사과했다. 여러 면에서 부족한 점이 많았던 나는 대화 도중에 그 친구의 말을 끊기 일쑤였고 그 친구의 말을 정면으로 반박하기도 했으며 동시에 대화 중에 오갔던 모든 말에 타인에 관한 판단이나 평가가 담겨 있었다. 놀라운 사실은 그동안 그런 대화를 꾸준히 해 왔음에도 그렇게 대화하고 있다는 사실을 단 한 번도 느껴 본 적이 없다는 사실이다. 아마 가랑비에 옷 젖듯이 나도 모르게 그렇게 꾸준히 부정적으로 변해 왔던 것은 아닐까. 특히 오래된 관계일수록 이런 대화의 고착화가 심하게 되어있으니 분명 돌아볼 만한 가치가 있다.

그렇기에 나 자신을 돌아보는 것은 조금 아프더라도 꼭 해야 하는 일이다. 이 과정을 정당한 방법을 통해 해결하지 않으면 자기 합리화를 하기 시작하고 뭐 하러 그렇게까지 하냐는 말을 스스로한테 하며 계속 그 상태에 머무르게 된다. 결국, 믿는 도끼에 발등 찍힌다고 친구를 통해 큰 실망을 하거나 뭔가 잘못되고 있다는 느낌이 나를 다시 찾아올 때 스스로에게 부족한 점이 있다는 것을 그제야 인정하게 되는 것이다. 하지만 어떤 상황이든 절대로 슬퍼하지 말자. 스스로를 자책할 필요는 없다. 왜냐하면, 현재 나의 모습이 중요한 것이 아니라 앞으로 어떤 모습이 되어 갈 것인지가 훨씬 중요하기 때문이다. 그리고 현재 모습은 항상 불만족스러울 수밖에 없다. 좋은 계기가 되었다고 생각하자. 그리고 아래 쓰인 글을 통해 내가 어떤 사람으로 변화하고 싶은지 더 깊이 있게 고민해 보자.

② 더 나은 나는 어떤 사람인가?

현재 내 인생을 둘러싼 부정적인 관계를 바꾸고 싶은가? 가장 빠른 방법과 동시에 궁극적인 해결책은 바로 나 스스로가 변화하는 것이다. 내가 변하지 않으면 내 주변 사람들은 절대로 변하지 않는다. 많은 사람이 여기에서 실수를 범한다. 부자가 되고 싶다며 부자 곁으로 간다고 하여 내가 저절로 부자가 되는 것이 아니다. 나에게 큰돈을 감당할 만한 내면적 가치가 있어야 부자의 기운이 내 안에도 깃드는 것이다. 앞서 언급했던 유유상종이라는 단어를 반드시 기억해 주길 바란다. 그들과 어울리기에 적합한 사람으로 먼저 변화해야 한다.

나의 실망스러운 모습을 인정하고 받아들이는 것은 변화의 좋은 첫걸음이 된다. 그리고 받아들이는 것과 함께 실천해 보면 좋은 한 가지 방법을 소개하고 싶다. 그것은 바로 한 장의 종이를 꺼내 아래 질문에 답해보는 것이다.

- **내가 가진 모습 중에 가장 실망스러운 모습은 무엇인가?**
- **내가 아는 사람 중에 가장 닮고 싶은 사람은 누구인가?**
- **알고 있지 않더라도 온라인상에 존재하는 따르고 싶은 멘토가 있다면?**
- **정말로 멋지게 변한 나의 모습은 어떤 모습인가?**
- **그것을 위해 지금 당장 고쳐야 하는 가장 안 좋은 습관은 무엇인가?**
- **그리고 내가 가진 장점 중 가장 극대화해야 하는 장점은 무엇인가?**

이 세상 어딘가에는 내가 원하는 모습을 이미 가지고 있는 사람이 항상 존재한다. 그리고 그들이 이미 완성된 것처럼 보이더라도 실상은 그렇지 않다. 모든 사람은 완벽한 존재로 태어나지 않기 때문이다. 그들도 처음에는 실수하고 자신의 못난 모습을 받아들여야만 했으며, 그들도 처음에는 깨지고 넘어지는 아픔을 겪어야만 했다. 중요한 건 그 과정을 피하지 않고 견뎌냈다는 점이다. 더 이상 이렇게 살지 않을 거라고 굳게 다짐하자. 설령 지금 인생이 그렇게 불만족스럽지 않더라도 변화하고 싶은 마음은 우리가 성공할 좋은 기회를 만들어 준다. 왜냐하면, 더는 이렇게 살고 싶지 않다는 말은 앞으로 어떻게 살고 싶은지에 대한 고민을 불러오기 때문이다. 당신은 어떤 인생을 살고 싶은가? 어떤 모습이 되어 누구와 어울리고 싶은가? 내가 먼저 전화하여 좋은 사람을 끌어당기는 것이 이 문제를 궁극적으로 해결할 수 있는 길이다.

마지막으로 관계의 환경을 바꾸기 전에 주의해야 하는 한 가지 내용을 남기고 싶다. 그것은 바로 안목이다. 살다 보면 가끔 사람을 보는 안목이 탁월한 사람을 만난다. 그들은 그 안목 하나로 올바른 배움과 경험을 통해 삶을 더 발전시켜 나간다. 소위 말해 가짜가 아닌 진짜를 알아보는 눈이 있는 것이다. 따라서 가짜들의 말에 주의해야 한다. 특히 말로 현혹을 잘하는 사람일수록 경계해야 한다. 조금 어수룩하더라도 신뢰를 주는 사람이 더 낫다는 걸 기억하자.

❸ 친구의 문제인가?

1) 친구가 인생에 미치는 영향

정하게 친구는 당신에게 도움이 되는 점보다 부정적인 면이 훨씬 많은 존재다. 이는 동네 친구, 이성 친구 다 포함되는 말이다. 한 입시학원 인터뷰에서 이런 말을 본 적 있다. 재수하는 여학생이 남자친구가 생겼다. 나름 입시에 방해가 되지 않게 군인 남자친구를 만났다. 그 친구는 매주 토요일이면 서울에서 강원도 원주까지 그 남자친구 면회를 갔다. 면회 6시간에 왕복 4시간.

입시생으로서는 말도 안 되게 10시간이나 매주 소모하고 있었다. 입시를 위해 헤어지라고 말하니 "그렇다고 어떻게 헤어져요"라고 말했다. 자신의 할 일을 다 해내면서 주말에 그런 짓을 하는 거면 모르겠지만 다음 날 그 친구는 필요한 과제를 다 해 오지 않았다. 이 친구는 과연 원하는 대학에 붙어 재수에 성공했을까? 입시 결과가 나오진 않았지만, 입시를 성공했을 리 만무하지 않을까. 재수생에게 입시는 인생을 바꾸는 아주 중요한 요소다. 그런데 입시 중에 사귄 남자친구가 공부를 방해함에도 불구하고 어떻게 헤어지냐는 말은 도대체 무슨 뜻일까?

이러한 사례는 이성이 아닌, 그냥 친구들 사이에서도 자주 벌어지는 이야기다. 친구들 사이에서 같이 술 마시러 갈 때 가지 않는다고 배신자로 낙인찍히는 일들, 그래서 내가 하던 일을 멈추고 친구들이랑 억지로 술을 마시러 가는 일들. 내 지인은 한번 이런 말을 한 적이 있다. 초중고 시절 단 한 번도 친구들과 트러블이 없었던 지인이 대학 시절 중 친구들에게 외면받아 사실상 외톨이로 대학 생활을 보낸 것이다. 그 이유는 같이 술 마시는 단합 자리에서 공부한다며 자주 불참했다는 점 때문이었다. 이 얼마나 유치한 일인가. 하지만 사실 당신도, 당신 주변의 사람도 다들 비슷하게 이러한 경험을 가해자로서, 피해자로서 경험해왔던 일이다. 그 친구는 그렇게 졸업하고 자신의 위치에 성공한 자리에 올라서 지난날을 회상하며 이렇게 말했다.

“처음엔 같이 술 먹고 놀았지. 근데 나중에 알게 된 사실이 그 친구들은 굳이 공부를 열심히 해서 취업하지 않아도 갈 곳이 있더라? 아빠 회사나 아니면 이미 자기 명의로 된 땅이나 건물이 있다든지. 근데 난 없어. 그래서 애네들 놀 때 같이 놀면 안 되겠다는 생각을 하게 된 거지.”

2) 관계가 영원할 것이라는 환상

우리가 가진 관계는 영원하지 않다. 지금 옆에 있는 사람이 영원할 거라는 것은 오만한 착각이며 언제나 지금과 같으리라는 것 또한 심한 착각이다. 인간의 사회적 동물이다. 그 사람이 서 있는 사회적 위치와 태도에 따라서 관계의 형성도, 관계의 중요성 또한 끊임없이 변해간다. 쉽게 연인과의 관계를 예로 들어보자. 우리가 드라마나 티브이에서 자주 등장하는 말인 “너 변했어”라는 말은 그 사람이 서 있는 사회의 위치가 변한 것이지 그 사람 자체가 스스로 변해간 것은 아니다. 우린 모두 환경에 따라 적절하게 적응하도록 설계되어있다는 점을 잊지 말아야 한다.

위에서 언급된 친구는 현재의 관계가 주는 환상보다 미래의 관계가 가져다줄 가치를 중요시 여긴 케이스다. 그렇기에 지금 당장 내 주변 사람들을 만족시킴으로써 자신의 미래 가치를 깎아내리기보단 더 나은 미래 속에서 만날 사람을 기대하며 묵묵히 버텨나간 것이다. 영원한 건 없다는 말처럼 학창 시절 친구도, 대학 시절 친구도 지금에서 돌이켜 봤을 때 여전히 최우선 순위로서 중요할까? 만약 당신이 아직도 지난 관계가 최우선으로 중요하게 여겨진다면 스스로 반성해야 한다. 당신은 아마도 지금껏 더 나은 삶을 위해서 나아가지 않고 그저 멈춰 있던 것은 아니었을까.

환상에서 벗어나 냉정한 현실을 내다볼 필요가 있다. 주변 친구들이 주는 달콤한 재미들을 포기하지 못하는 순간부터 당신의 미래는 서서히 닫혀가고 있다는 사실을 잊지 말아야 한다.

❹ 사회 구조의 문제인가

1) 오리 사이에서 태어난 백조

우리는 이성적으로 생각해야 한다. 우리 대다수는 오리에 불과하다. 아니, 정확히는 오리 사이에서 태어난 사람일 가능성이 크다. 여기서 우리는 선택의 기로에 놓인다. 나는 오리 사이에서 태어난 백조인가 아니면 정말 오리인가? 누군가는 의문을 가질 수도 있다.

'나는 백조야. 여기서 벗어나고 말 거야.'

이런 말을 할 때 주변 사람의 비웃음을 받게 된다. 그리고 그 비웃음을 버티다 못한 사람은 결국 자신이 오리임을 인정하고 만다. 저 새는 정말 오리였을까? 백조였을까? 그건 알 수 없다. 하지만 스스로 오리라고 인정하고 포기하는 순간 우린 필연적으로 오리일 수밖에 없다.

오리 사이에서 태어난 백조라도 그건 백조다. 자신이 속한 곳이 오리무리라 할지라도 자신이 백조라면 백조인 것이다. 환경은 중요하지 않다. 존재 자체를 믿어야 한다. 스스로 가치를 믿지 못한다면 결국 그 환경 속에 묻혀 제대로 된 날개를 펼치지 못하는 것이다. 어떠한 환경에서도 될 놈은 된다. 망하기 위해 발버둥 치던 부자가 더 부자가 되었던 일화처럼 자신의 가치만 확실하고 그걸 믿고 포기하지 않는다면 결코 어떤 환경이 당신을 괴롭힌들 당신은 백조다.

CHAPTER 03

인생을 변화시키는 배 때리는 9가지 조언

HOW TO BE A GIANT

03

지금 움직이는 사람이 **승리**한다

1) 행동하지 않으면 내면은 마이너스로 치닫게 될 것이다

우린 매일 같이 고통받는다

내가 원하는 나의 모습과 현재 모습의 간극에서 말이다. 예를 들어, 퇴근 후 집에 돌아와서 하려 했던 일을 하지 못한 채 유튜브만 보다 잠이 든다면 다음 날 아침은 고통스럽다. 긍정보다는 부정, 즉 자책이 앞서기 때문이다.

하지만 대다수는 스스로에게 날카로운 말을 던지면서도 다시 밤이 되면 똑같은 행동을 보인다. 이런 날들의 반복은 당신은 스스로를 '원래 이렇게밖에 안 되는 사람'이라고 규정하거나, '남들도 다 이렇게 살겠지'라고 생각하며 포기하게 만든다. 이유는 간단하다. 문제를 파악해 해결하기보다 포기하는 것이 몇 배로 쉽기 때문이다.

이러한 '고통'과 '포기'는 실제 정신분석적으로 설명된다. 인간은 '정신'과 '육체'를 동일하게 움직이고 싶다는 의지가 있다. 만약 서로 다르게 행동하면 불안감을 느끼고 고통스러워한다는 것이다. 그렇기에 분리의 고통이 반복되면, 동일하게 움직이고 싶다는 의지가 몸과 함께 '포기'하는 방법으로 이동하는 것이다. 이렇듯 의지를 가지고 행동하지 않는다면 당신의 고통은 끊임없이 이어지다 이내 더 이상의 발전을 꿈꾸지 않는 '마이너스'의 삶을 살게 될 것이다. 그러니 지금 행동해야 한다. 내일의 당신은 오늘과 다르지 않을 테니까.

2) 겉으로 보이는 변화부터 시작해라

매번 시작하다 멈추기를 반복할 만큼 의지가 나약하다면 보이는 것부터 시작해야 한다. 보이는 변화는 더 나은 의지를 낳고, '한 번만 더'라는 즐거움을 유발한다. 사실 삶의 변화는 눈에 잘 보이지 않는다. 어느 순간부터 천천히 늘어가는 뱃살과 어느덧 덥수룩하게 자란 머리카락, 또는 교양이나 지식처럼 항상 조용히 생기거나 스며든다. 우린 대다수가 이 사실을 이미 잘 알고 있다.

하지만 대다수가 이를 알고 있다 해도 변화에는 큰 인내심이 필요하고 그러기엔 우린 너무 조급함을 잘 느끼는 사람들이다. 그리고 눈에 보이지 않으니 변화가 잘 이뤄지고 있는지에 대한 확신마저도 들지 않아 불안함을 느끼기도 한다.

만약, 이 문제가 당신을 변화시키는 것에 큰 장애물이 된다면 당장 눈에 보이는 것부터 해라. 눈에 보이든 보이지 않든 결국은 하는 것이 중요하다. 대단히 고급스럽지 않은 것이라도 상관없고, 때론 유치한 것이라도 상관없다. 그리고 많은 계획을 세울 필요조차 없다. 독서량이 부족하다면 당장 서점에 달려가 책을 읽어야지 독서량 늘리는 방법을 검색할 필요가 없는 것이다.

3) 매일 5분씩 이 책을 들춰보며 변화하자

어차피 실패할 대단한 생활 계획표는 그만둬라. 그보다는 성공을 위한 작은 습관부터 가지도록 노력해라. 습관을 위해 대단히 많은 시간을 들일 필요도 없다. 단 5분이면 충분하다. 하루 5분 책을 펼쳐 읽는 습관을 들여라. 이 책에 나와 있는 챕터 어느 부분이든 상관없다. 단 5분만 투자하면서 스스로 마인드셋을 다져라. 이렇게 하루 5분의 마인드셋을 다지는 태도와 그렇지 않은 것은 큰 차이를 만든다.

이 책에 나는 사람이 하는 실수, 변명, 삶의 태도를 상세히 나열해놨다. 우린 매번 이를 다시금 돌이켜 새길 필요가 있다. 당신이 계속 실패를 하는 건 못난 사람이기 때문이 아니라 같은 실수를 반복하기 때문이 아니던가.

이렇게 매일 하는 5분의 투자는 하루를 돌이켜 반복되는 실수를 끊어내고 더 나은 태도의 당신을 만들어 줄 것이다. 이렇게 하나하나 늘려가면 된다. 하루 5분 책을 읽는 습관을 완벽하게 장착했다면 당신이 필요한 무언가에 또 5분을 투자해라. 운동이든, 공부든, 글쓰기든 뭐든 상관없다. 그렇게 당신의 수많은 5분은 차곡차곡 쌓여 기적을 만들어 낼 것이고 그 기적이 당신 자체가 될 것이다.

PART 1
변 명

❶ 일단 변명부터 멈추자

변명은 성공을 가로막는 최악의 습관이다. 성공학의 대가인 나폴레온 힐은 그의 저서에서 사람들의 30가지 변명을 기록해 두었다. 지금 펜을 가져와서 함께 동그라미 쳐보자. 나에게 익숙한 변명은 무엇인가? 개수는 중요하지 않다. 무엇을 경계할지 스스로 깨닫는 훈련이라 생각하자.

1) 사람들이 주로 말하는 30가지 변명

by 나폴레온 힐

(1) 만약 내가 내 처자식을 거느리지 않고 있다면?

(2) 충분한 연줄이 있다면?

(3) 돈이 많다면?

(4) 훌륭한 교육을 받았더라면?

(5) 직업을 얻을 수 있다면?

(6) 건강하다면?

(7) 여유가 있다면?

(8) 다른 사람들이 나를 이해해 준다면?

(9) 내 주위 조건이 달라진다면?

(10) 몇 번이고 거듭해 일생을 살 수 있다면?

(11) 그들이 무엇이라 말하건 두려워하지 않는다면?

(12) 좋은 기회가 주어진다면?

(13) 아무것도 나를 방해하지 않는다면?

(14) 좀 더 젊었더라면?

(15) 원하는 것을 할 수만 있다면?

(16) 부유하게 태어났더라면?

(17) 어떤 사람들이 갖고 있는 재능을 가지고 있다면?

(18) 내 권리를 감히 주장할 수 있다면?

(19) 지나간 기회들을 잡을 수 있었더라면?

(20) 사람들이 내 비위를 건드리지 않는다면?

(21) 내가 어린애를 돌보고 또 집만 지키지 않았다면?

(22) 돈을 저축할 수 있다면?

(23) 사장이 나의 진가를 알아준다면?

(24) 누군가가 나를 도와준다면?

(25) 내 가족이 나를 이해한다면?

(26) 지금 곧 시작했다면?

(27) 뚱뚱하지만 않았다면?

(28) 내 재능이 널리 알려진다면?

(29) 행운을 얻는다면?

(30) 빚을 갚을 수만 있다면?

(31) 실패하지만 않았더라면?

(32) 그 방법을 알기만 했다면?

(33) 모든 사람이 나를 반대하지 않는다면?

(34) 많은 걱정거리가 없다면?

(35) 적당한 사람과 결혼할 수 있다면?

(36) 사람들이 그렇게 어리석지만 않았다면?

(37) 내 가족들이 그렇게 낭비만 하지 않았다면?

(38) 행운이 나를 저버리지만 않았다면?

(39) 매우 열심히 일을 해야 하지 않았더라면?

(40) 돈을 잃지만 않았다면?

(41) 과거가 없었다면?

(42) 다른 사람들이 내 말에 귀를 기울인다면?

어떤가? 책을 집필하며 나도 함께 동그라미를 치며 내 속에 있는 변명을 끄집어냈다. 나의 20대에는 가족과 인정에 대한 변명이 많았었다. 그리고 지금은 '내가 가장이 아니었다면 더 많은 일을 할 수 있지 않았을까?' 하는 생각을 종종 하곤 한다. 하지만 크나큰 착각이다. 그 생각을 한 지 3분이 채 되지 않아 이러한 생각이 나에게 1도 도움이 되지 않는다는 사실을 발견했다. 그저 내가 남보다 이룬 것이 적다는 사실을 아주 그럴듯하게 정당화시킬 뿐이었다.

변명을 떨쳐내라. 어깨를 흔들어 털어내라. 변명은 남들보다 이룬 것이 적은 것을 합리화하기 위해 내 머리가 만들어내는 의식적인 합리화다. 지금 우리에게 필요한 건 이런 합리화가 아니다. 지금 해야 할 것은 '그럼에도 불구하고' 원하는 삶을 만들어 낼 나 자신의 가능성을 깊이 있는 수준으로 신뢰하는 일이다.

'핑계가 그럴듯하면 그럴듯할수록 사람은 행동하지 않는다'

잊지 말자. 변명은 내가 변화하고 달라질 기회를 순식간에 빼앗아 간다. 변명이 있기에 우리는 변할 필요가 없다. 변명이 있기에 우리는 오늘과 똑같은 내일을 살아도 된다. 내가 자주 하는 변명이 무엇인지 동그라미 쳤다면 이제는 그 변명이 나올 때마다 경각심을 갖자. 수년간 이어온 무의식적 변명의 고리를 끊어내야 한다.

2) 변명하는 사람들은 변화할 필요가 없다

① 사람들은 왜 이렇게 변명을 하는 것일까?

변명은 인스턴트 음식과 같다. 간편하고 편리하게 먹을 수 있고, 쉽고 저렴하게 구매할 수 있지만 당연하게도 몸에 좋지 않다. 인스턴트 음식을 장기간 섭취할 경우 아주 느리게 당뇨와 지방간에 걸리게 된다고 한다. 변명도 같다. 변명은 인스턴트 음식처럼 아주 느린 속도로 우리의 삶을 망가뜨린다. 나의 진짜 문제를 덮고, 거짓으로 포장하고 과장하며 결국 어떠한 성장도 이루지 못하게 한다.

② 변명을 만드는 태도

왜 변명이 성장을 가로막는 걸까? 일단 변명은 실패와 실수를 인정하지 않으려는 태도에서 생겨난다. "내 탓이 아냐" "그건 00 때문에 그런 거야" "난 아무 잘못이 없어" 등등 그러나 이 순간 우린 한 가지를 분명히 기억할 필요가 있다.

'누구나 실수를 한다.'

서툶을 차분하게 인정하고(수용하고) 더 나은 영역으로 나아가기 위해 노력하고 행동해야 한다. 그래야 성장이 나를 찾아오는 것이다. 변명에 익숙해진 사람은 성장하지 않아도 된다. 아무 문제도 없다. 변해야 할 이유도 없다. 가장 손쉽고 간단하게 문제를 해결한 것이다. 또 다른 변명의 시발점은 바로 '벌어진 일에 대한 죄책감에서 생겨난 변명'이다. 죄책감이라는 단어의 근본적인 출발 지점은 어디인가? 모든 죄책감은 과거에 내가 저지른 행동에서 시작한다. 죄책감에 시달린다는 말은 당신이 과거에 시달리고 있다는 말과 같다. 그렇다면 시달리게 하는 과거가 무엇인지 파악해볼 필요가 있다. 그 과거가 나의 밝은 미래에 장애물이 되고 있으니 말이다.

당신의 서투른 과거가 얼마나 큰 잘못인지 모르겠지만, 지나간 일이 변명이 되어 나의 미래의 성공을 가로막게 내버려 두지 마라. 그 어떤 큰 잘못이라도 나의 아름다운 미래를 방해할 만큼 중요하진 않다. 그것은 처절한 시간 낭비에 불과하며 당신의 과거보다 미래가 더욱 크고 아름답다는 걸 기억하라.

③ 자기 탓을 해야만 1%의 변화의 여지가 생긴다

'무슨 일이든 내 탓이라고 말하라고요?'

어떻게 들으면 어처구니없는 말이다. 왜 무슨 일이 일어나든 다 내 탓을 해야만 하는 걸까? 남 탓은 습관이다. 남 탓에 익숙해진 사람들은 또 다른 선택의 기로에서도 남을 탓한다. 심지어 누가 봐도 아무 연관성 없어 보이는 것에서 끌어와 남 탓에 활용하기 시작한다. 남 탓도 눈덩이처럼 굴러가며 익숙해지고 기술이 발전(?)하게 된다. 남 탓은 나의 실수를 희미하게 만든다. 실수를 인정하는 것은 성장으로 이어지지만, 외면하는 것은 고착으로 이어진다. 스스로의 성장을 위해 나 자신을 탓할 수 있는 용기가 있는가?

④ 영화감독을 꿈꾸던 친구가 욕쟁이가 된 이유

영화감독을 꿈꾸던 친구가 있다. 많은 사람이 잘 아는 것처럼 영화산업 시장은 살아남는 것이 만만치 않다. 심지어 영화 한 편을 만들기 위해서는 일생의 운을 다 모아야 한다는 말까지 있다. 물론 이 또한 그 친구가 내게 해준 말이다.

아무튼, 영화감독으로 데뷔를 준비하던 그 친구가 어느 날 연락이 왔다. 연신 술잔을 기울이며 하는 말이 영화가 엎어졌다는 것이었다. 나름 친구를 위한 위로를 해야 했기에 하소연을 묵묵히 들어주었고, 영화가 엎어진 깊숙한 이유를 들을 수 있었다. 당시 정치판에서(정확히 말씀드리지만, 난 특정 정치색을 지지하지 않는다.) 큰 게이트가 하나 터져 매일 신문의 1면을 장식하던 중이었다. 그리고 친구의 영화가 엎어진 이유가 바로 그 게이트 때문이라는 것이다. 친구가 계속해서 설명했지만, 아무리 들어도 도무지 이해가 되지 않았다. 친구가 만들던 영화는 정치적인 것에 관한 이야기가 아니었고 또한 특정 인물에 관한 이야기도 아니었다. 그저 한 남자가 여행을 다니는 이야기였을 뿐인데 게이트 때문이라고? 정확하게 묻고 싶었지만 그럴 수 없었다. 물었다면 친구는 어떻게든 여러 이유를 곁들여 설명하고 싶었을 것이고, 나는 친구의 하소연도 들어 주지 않는 나쁜 친구가 됐을 것이 뻔하기 때문이다.

시간이 흐른 지금도 그 친구는 감독으로 데뷔하지 못했고, 종종 만나게 되면 아직도 자신의 영화를 엎어지게 했던 그 게이트를 욕하는 것을 반복하고 있다. 신세 한탄으로 몇 년 동안이나 멈춘 채 성장하지 못하고 있는 것이다.

아직도 엎어진 이야기를 하는 친구를 보며 영화가 과연 이 친구의 부족함 때문인지 아니면 정말 연관성 없어 보이는 게이트 때문인지 확실히 알게 되었다. '머피의 법칙'이다. 일어날 일은 반드시 일어난다. 그 작품이 정말 사업적으로 좋은 작품이었다면, 아니면 이 친구가 능력이 있었다면 지난 과거를 탓하며 그 자리에 머물고 있었을까? 우리는 실패를 통해 미래로 나아가야 한다는 이야기를 잘 알고 있다. 이 뜻은, 실패에 여러 탓을 붙이지 말고 다시 나아갈 길을 찾아 떠나야 한다는 말이다. 탓은 자신의 발전을 저해하는 명백한 요소다. 나를 반성하고 돌아보며 더 나아갈 길을 찾는 것이 아니라 현재에 머무르게 만들기에 우리는 탓이라는 간편한 요소 대신 자신의 부족함을 반성하고 더 멀리 나가야 한다. 탓을 놓지 않는다면 우린 끊임없이 같은 실수를 반복하며 살아가게 된다.

3) '변명'에서 '변화'로 한 글자만 바꾸자

'변명'을 멈추면 '변화'가 온다.변명을 변화로 바꾸는 단어는 바로 오너십(ownership)이다.

'나의 책임입니다. 다음에는 이런 실수가 없게 하겠습니다.'

어떤 사람도 타인에게 무능력한 모습을 보이고 싶지 않다. 하지만 나의 취약한 모습을 인정하거나, 혹은 나의 잘못이 아님에도 변명하지 않고 고개 숙여 인정하는 모습은 과연 타의 귀감이 된다.

변화를 만들어내는 사람은 확실히 탁월한 면이 있다. 한 번의 고개 숙임으로, 한 번의 부끄러움을 감수함으로 더 큰 신뢰와 변화의 계기를 만들어내는 것이다. 리더십이 무엇인지 대중에게 인식시키고 그 책임감으로 더 큰 일을 완수해간다. 가정에서나 회사에서도 마찬가지다. 변명하는 것은 의미 없는 역할을 담당한다는 말이며, 변명하지 않고 책임지는 행위는 리더의 자세다.

내 잘못이 아닌데 비난을 받게 되었다면 이러한 계기를 나에게 이롭도록 활용하자. (작든 크든) 내가 속한 곳 자체를 책임지는 사람이 되자. 책임과 부담감을 피하는 사람에게는 큰 보상이 따라오지 않으며 항상 먹다 남은 성과의 조각만 맛보게 될 것이다. 남이 잘라주는 사과 조각을 먹지 말고 사과 농장을 운영해야 한다. 변명에서 변화로 이어지는 1글자의 차이를 인생에 구현할 때 주체적이고 성과의 열매를 맛보는 삶이 열리게 될 것이다. 당신에게는 이미 그럴 힘이 있고 당당히 그것을 쟁취해도 좋다. 변명을 멈추고 새로운 삶의 방식으로 전진하자.

PART 2 기 준

❷ 낮은 기준에서 벗어나라

1) 토니 로빈스가 말하는 인생을 바꾸는 가장 강력한 방법

세계 1등 코치로 저명한 토니 로빈스는 인생을 바꾸는 가장 빠른 방법은 '더 높은 기준을 가지는 것'이라고 한다. 더 높은 기준이라는 단어를 듣는 순간 어떤 생각이 떠오르는가?

'나의 기준은 뭐지?'

'나는 충분히 높은 기준을 가지고 있나?'

'내 기준이 너무 높지는 않나?'

'기준은 어떻게 설정해야 하지?'

수많은 질문이 떠올라 마음을 혼란스럽게 할 수도 있지만 그건 좋은 거다! 대부분 사람은 기준이나 원칙 없이 인생을 살아간다. 그건 당신의 탓이 아니다. 우리는 나를 둘러싼 환경을 기반으로 동화되고 적응하며 살아가니까. 하지만 이 책을 펼쳐 든 이유가 그렇듯 지금의 당신은 뭔가 달라지고 싶다. 변하고 싶다. 따라서 지금 살아가는 모든 환경과 기준을 바꿀 필요가 있다. 높은 기준은 당신의 잠재력을 끌어내고 때론 고통스럽게 만들지만 결국 당신이 새로운 레벨을 경험할 수 있도록 만들어준다. 쉽게 말해 진짜 실력자의 반열로 올려준다는 말이다. 아쉽게도 지금은 보이지 않는다. 구름 아래 있는 사람이 어떻게 구름 위에 상황을 알 수 있겠는가. 하지만 우리에겐 답답한 장벽과 같은 한계의 구름을 돌파하여 솟아오를 필요가 있다. 그러기 위해 구름 위의 모습, 즉 높은 기준을 추구해야 한다.

2) 높은 기준을 추구하면 무슨 일이 일어나는가

① 인생의 높은 목표를 추구하기 시작할 때

높은 기준을 추구하는 것의 가장 중요한 점은 그 기준을 추구해야만 가질 수 있는 가치다. 전교 10등은 전교 1등을 추구하지만, 전교 100등은 30등이 되길 꿈꾼다. 1등을 향한 꿈과 30등을 향한 이 두 가지 꿈의 차이는 매우 크다. 궁극적으로 그것을 위한 마음가짐이 다르기 때문이다. 이렇게 큰 가치를 추구하는 사람은 당연히 큰 목표가 생긴다. 큰 목표를 추구함은 당신을 더욱 고되게 만들진 몰라도 당신이 무엇을 해야 할지 차근차근 고민하게 만든다. 낮은 목표의 사람들은 단순히 당장 앞을 쟁취하기 위해 노력할 뿐 더 머리를 고민하지 못하기에 1차원적인 결정을 할 수밖에 없다. 물론, 무조건 높은 기준을 세우는 것이 필요하다는 것은 아니다. 전교 꼴등이 다음 시험에서 바로 1등을 하긴 무척 어려울 테니 말이다. 하지만 마음속에 '나는 전교 1등 감이야!'라는 기준을 세워서 그 기준을 추구해야 한다.

② 사람은 높은 목표에 맞는 행동을 하기 시작한다

이렇게 세워진 높은 목표는 그에 맞는 목표를 불러온다. 높은 목표와 낮은 목표의 차이는 결국 행동에서 드러난다. 다시 한번 위의 예시를 들어보자. 1등이 되고자 하는 사람이 수업 시간에 졸까? 졸린다고 아무 곳에서 잠이 들까? 전혀 그렇지 않다. 1등은 그렇게 해서 얻어지는 결과가 아니기 때문이다. 1등은 1등 다운 행동을 하기 마련이다. 이것이 1등의 마인드셋이다. 결국, 마음가짐이 행동의 변화를 낳는다.

높은 기준은 그 기준에 맞는 행동을 요구하고, 조금 아파도 그에 따라(accordingly) 행동하기 시작하면 (몸이 조금 고통스러울지언정) 인생은 달라지기 시작한다. 하지만 앞서 이야기했듯이 서두르지 말자. 내가 달릴 수 있는 속도의 한계를 넘어서다가 걸려 넘어질 바엔 꾸준히 멀리 달리는 것이 더 낫다. 작은 것부터 시작하자. 성공을 몸에 길들여야 한다. 당신의 마음이 성공을 간절히 원하듯, 당신의 몸도 성공에 물들 필요가 있다.

③ 꿈에 맞는 사람을 만나고 꿈의 크기에 맞게 처신하기 시작한다

당신 주변을 둘러보자. 당신과 친하게 지내고, 끊임없는 유대감을 쌓고,

대화를 나누는 사람들을 보는 것만으로도 당신의 꿈의 위치를 알 수 있게 된다. 유유상종이라는 말이 있듯 우리는 자연스럽게 비슷한 가치를 가진 사람들을 상대하게 된다. 그리고 그들과 만나 생각하는 가치를 나누고 무엇을 위해 더 나아가야 하는지에 대한 토론을 펼치곤 한다. 올해 10억을 벌겠다는 꿈을 말하면 그 꿈을 좋은 목표이자 꿈이라며 응원하는 반면 어떤 사람들은 쓸데없고 말도 안 되는 꿈을 꾸지 말라며 당신을 꾸짖을 것이다.

예전에 책 [10배의 법칙을 쓴] 그랜트 카돈의 영상에서 강력한 자극을 받은 적이 있다. 젊은 시절 그는 한 해에 이전과 비교할 수 없는 큰돈을 벌고 주변에 있는 지인에게 그것을 순수하게 자랑했다고 한다. 그 순간, 그 말은 들은 부유한 친구는 대답하려다 말고 살짝 당황하며 그에게 물었다.

“잠깐, 잠깐만. 내가 정확히 이해가 되지 않아서 되묻는 건데, 지금 그 이야기를 하는 게 네가 돈을 많이 벌었기 때문에 축하한다고 해야 하는 거야? 아니면 적게 벌었기 때문에 위로해줘야 하는 거야?”

이 이야기를 들은 그랜트 카돈은 머리를 한 대 얻어맞은 듯 정신이 번쩍 들었고 이렇게 답했다.

“정말 정말 고마워. 내년에 다시 이야기하자.”

누군가에겐 꿈의 대화를 들었을 때 굉장히 의미 있고 가치 있는 이야기로 들릴 수도 있지만, 다른 누군가는 헛소리를 하며 시간을 보내는 사람이라며 혀를 끌끌 찰 수도 있다. 결국, 꿈을 듣는 사람과 꿈을 말하는 사람의 생각 차이는 가지고 있는 태도에서 온다. 다른 태도를 보인 사람은 결국 나의 꿈을 좌절시키고 말 테니까. 따라서 우리는 꿈에 맞는 사람을 만나 큰 꿈에 걸맞은 태도로 전환되어야 한다. 만약, 당신이 그저 그런 사람들과 만나 이야기를 나눈다면 당신은 그저 그런 꿈만 가진 사람에 불과하다. 그러니 조금 더 큰 꿈을 꾸자. 더 높은 기준을 가지자. 그리고 그러한 기준과 꿈에 걸맞게 행동하자. 무엇보다 큰 꿈과 높은 기준을 타협하는 사람이 되지 말자. 꿈과 목표를 세우고 그에 맞는 행동을 뒷받침하면 되지, 불확실한 미래를 지레짐작하며 머뭇거릴 이유는 없다.

④ 스스로의 가치를 인정하고 높이 평가한다

높은 기준을 설정하면 스스로 가치를 인정하고 외부의 객관적 평가에도 좋은 결과를 거두게 된다. 어떻게 이것이 가능할까? 나는 단 한 개의 작은 증거만 있으면 된다고 생각한다. 이 내용을 설명하기 위해 짧은 경험담을 적어 보았다.

많은 사람이 존재하는 SNS에서 인플루언서로 성장하게 되면서 (물론 아직 나는 스스로를 인플루언서라고 부르는 것에 서툴긴 하지만) 다양한 '전문가'들을 만난다. 하지만 특정 수준 이상의 팔로워와 함께 브랜드를 성장시키면서 내가 느낀 것은 '속았다'라는 느낌이었다. 나는 수많은 팔로워에게 공감을 얻어낸 사람은 정신적으로도 (최소 특정 수준 이상) 성숙할 것이라 기대했다. 하지만 아니었다. 앞서 언급한 '전문가'들도 마찬가지였다. 자칭 전문가라고 하지만 그 근거와 논리가 부족했고 지식과 경험이 현저히 부족한 채 감언이설로 속이는 전문가들도 너무 많았다.

자, 여기서 높은 기준, 스스로의 가치를 인정하고, 작은 증거를 발견하는 일이 모두 연결된다. 나는 정말 실력 있는 사람이 되고 싶었고(목표/꿈) 6개월 동안 한 분야에 정진했다(훈련). 그리고 이를 통해 작게나마 실력을 검증하게 되었고(작은 증거) 주변에 존재하는 전문가들이 진짜가 아니라는 것을 자연스럽게 깨닫게 되었다. 이런 과정을 통해 스스로가 좋은 훈련의 방향성으로 성장하고 있다는 사실을 결국 믿게 되었다(스스로에 대한 가치의 재발견).

높은 기준을 세웠기에 높은 수준의 행동을 하게 되고, 높은 행동력과 높은 마인드셋을 갖추게 된다. 높은 꿈과 목표를 가진 사람과 어울리고 자연스럽게 나도 그러한 사람이 되며 나의 가치를 높은 수준으로 재발견하게 되는 과정. 어떻게 생각하면 자연스럽게 일어날 수밖에 없는 일이 아닐까?

모든 사람은 자신이 할 수 있는 능력치가 다 다르다. 그리고 개인의 특성도, 한계점도 당연히 다를 수밖에 없다. 하지만 우리는 분명 성장할 수 있는 여지를 가지고 있는 사람이며 인생을 바꿀 수 있는 능력을 갖추고 있다.

3) 낮은 기준을 설정하면 생기는 3가지 부정적 효과

① 적당한 인생의 수준을 벗어나지 못하게 된다

기준이 낮으면 적당한 것이 나의 기준이 된다. 나는 당신이 이 말을 두렵게 느꼈으면 좋겠다. 한 사람에게 가장 위험한 것은 적당함이 아닐까? 그 적당함 때문에 손쉽게 타협도 하고 합리화도 한다. 적당함은 정말 무섭다. 그 이상을 꿈꾸는 원동력이 없는 상태이기 때문이다.

주변을 보면 적당한 인생을 성공이라 부르는 사람들이 있다. 그들의 목적은 나아가는 것이 아니라 현상을 유지하는 것이며 지금 가진 것을 잘 보존하는 것이다. 하지만 정작 그들이 무엇을 가졌는지 살펴보면 별것 없다. 차, 융자 낀 아파트 정도. 우리는 과연 그것을 '다 가졌다'라고 말할 수 있거나 '괜찮다'라고 말할 수 있는 것일까. 진정으로 삶을 소유하는 것이란 내가 미래에 얻을 수 있는 꿈을 추구하는 기쁨 아래 성취를 경험하고 소중한 것을 지키며 자유를 누리는 것이다.

지금 가진 것을 다 가진 것이라 착각하고 안주하는 사람들은 너무나 자연스럽게 그런 사람들과 함께 어울리게 된다. 그들은 무리를 이루고 그렇게 지금 위치에 영원히 자리 잡게 된다. 그리고 이렇게 말한다.

"이 정도면 진짜 훌륭하지"

"이 정도면 우리나라에서 상위권이야"

"내 주변에서 내가 제일 나은 것 같아"

"그럴 바엔 나처럼 사는 게 낫지"

만족하는 삶이 나쁘다는 것이 아니다. 더 높은 수준을 추구하는 내적 욕망이 있고 그것을 추구할 능력이 갖춰져 있음에도 적당함에 안주하는 마인드를 걷어내라는 것이다. 적당함에 타협하는 순간, 당신은 더는 발전할 힘을 갖지 못하게 된다. 벗어나라. 더 크고 강력한 나 자신을 발견하기 위해 최선의 노력을 다해야만 한다.

② 진짜 경쟁력을 갖추지 못하게 된다

익숙한 환경에서 익숙한 사람들과 있는 것에 익숙해지면 그에 맞춰 나의 삶의 패턴이 맞춰지고, 세상을 바라보는 시야 또한 좁아질 수밖에 없다. 따라서 변화무쌍하더라도 여러 양상의 사람을 접할 수 있는 환경을 찾아야 한다. 그리고 가능하면 나보다 더 나은 사람과의 만남을 만들 필요가 있다. 이것을 '네트워킹 드리븐'이라고 한다. 네트워킹 드리븐에 대한 내용은 아래와 같다.

"네트워킹 드리븐은 다른 사람과의 네트워킹을 통해서 의사 결정의 필요한 정보를 효율적으로 수집하는 것이다. 즉, 꼭 나의 혼자만의 힘으로 모든 사실을 연구하고 공부해서 문제를 해결하지 말고 이미 나보다 먼저, 혹은 더 잘 알고 있는 사람을 네트워킹해서 그

사람의 지식과 노하우를 레버리지해 문제를 해결하는 것이다. 네트워킹 드리븐에서 '네트워킹'의 핵심은 이 대상이 나보다 훨씬 뛰어난 사람이어야 한다는 점이다. 그 업계의 최고 전문가에 네트워킹(접속)하여 문제를 푸는 방식이다. 나보다 훨씬 뛰어난 사람에게 네트워킹하기 때문에 '조언'을 구하는 스탠스가 많다."

출처: https://eopla.net/magazines/2050

이러한 다양한 시각과 배움의 기회를 통해 우리는 남들과 다른 나만의 '경쟁력'을 가질 수 있다. 따라서 타인보다 좀 더 많은 것을 볼 수 있는 환경으로 가자. 평소 나의 만남의 기준보다 좀 더 높은 기준을 세우자. 명예, 경제, 인성 뭐든 좋다. 내가 본받을 수 있는 사람들이 있는 곳을 목표하면 그들과 가까워지기 마련이다. 소소한 목표보다 큰 목표를 세워야 하는 이유가 바로 여기 있는 것이다.

예로부터 '큰물에서 놀아라'라는 말이 있다. 이 말은 사람이 어떤 환경에 있느냐에 따라 큰 사람이 될 수도, 작은 사람이 될 수도 있음을 의미한다. 즉, 사람에게 '환경'이 얼마나 큰 영향을 미치는지를 단적으로 보여주는 말이다. 우물에 있으면 우물만을 알게 된다. 하지만 그 누가 우물 안 개구리가 되기를 바라겠는가? 우리는 도리어 우물을 둘러싼 주변 환경을 파악하여 이 우물이 필요한 곳, 우물을 쓸 시기를 아는 사람이 되어야 한다. 비유적 표현을 썼지만, 결국 넓은 시야를 가져야 남과 다른 '경쟁력'이 생긴다는 말이다.

③ 항상 더 못하는 사람과 비교하며 살아간다

우리는 성장을 위해 나보다 더 뛰어난 위치에 있거나 더 나은 능력을 갖춘 사람을 바라보아야 한다. 그들을 바라보며 지금의 나에게 무엇이 더 부족하며, 무엇을 더 해야 하는지 알아볼 수 있는 환경을 만드는 것이다. 허나 계속해서 나와 유사한 사람들만 바라보는 사람은 결국 비슷한 결의 반복과 저조한 성장을 기대할 수밖에 없다. 심지어 그들은 자신보다 못한 사람들과 자신을 비교하기도 한다. 이를 통해 얻게 되는 건 무엇일까? 그냥 마음의 안정감 말고 우리에게 무엇을 남겨주는 걸까? 당연하게도 나보다 나은 사람들은 나의 존재가치를 깎아내리게 할 수 있다. 지금껏 해왔던 모든 것이 허사로 보이기도 하고, 또는 '나는 왜 이렇게 부족함이 많지'라며 스스로를 자책할 수도 있다. 무조건적으로 자책만 하는 것은 결코 좋은 지점이 아니다. 하지만 결국 그것을 이겨내고 나아가려는 마음은 성장의 원동력이 될 것이다. 나보나 부족한 사람들과 비교하는 삶은 더 나아가고자 하는 원동력을 만들어내지 않는다. 원동력은 사라지고 마음의 안정감만 얻은 당신이 가질 수 있는 유일한 태도는 그저 '이쯤에 있는 내가 나쁘지 않구나?'라는 것뿐이다.

끊임없이 높이 바라보라. 당신보다 못한 사람들 속에서는 1등이 되는 것이 아니라 우러러볼 수 없을 만큼 압도적인 원탑이 되어야 한다. 그리고 절대 당신이 올라와 있는 탑의 꼭대기가 모든 성공하는 삶의 꼭대기라 착각해선 안 된다.

PART 3
만 족

❸ 벌써 배부른가? 그만 자랑해라

1) "Stay Hungry, Stay Foolish!"

스티브 잡스는 스탠퍼드 대학 졸업식 연설에서 이렇게 말했다.

말 그대로 배고픔을 유지하란 말이다. 대한민국을 살아가는 요즘 세상에서 배를 곯는 사람은 잘 없다. 그리고 스스로 눈높이만 낮추면 적당히 배부르며 살아갈 수 있는 세상이 되었다. 말 그대로 배고프기 쉽지 않은 세상이다. 배고프려면 정말 모든 걸 다 잃어야만 가능하지만, 모든 걸 잃는 건 사실 쉽지 않은 일이다. 그렇다면 여기서 말하는 배고픔이란 말은 무엇일까. 바로 스스로 안정감에 심취하지 말란 말이다. 너무 쉽게 만족하고 자랑하지 말라는 말이다. 우린 너무 빨리 만족감을 찾으려 한다. 그리고 그 만족감 속에서 적당히 배부르고 살아가려고 한다. 이런 삶은 결코 성공을 위한 척도가 될 수 없다. 이들은 현상 유지가 목적이지 성장이 목적이 아니기 때문이다.

바보가 되라는 말도 마찬가지다. 끊임없이 바보가 되란 말은 내가 다 안다는 생각을 버리고 배움의 열정을 불태우며 아직도 부족하다는 마음을 가지라는 말이다. 특히 20대의 뜨거운 시기를 보내는 젊은 상담자들을 만나면 이 메시지는 내 안에서 더욱 진심이 되고 강렬해진다. 이미 성취를 경험한 20대는 쉽게 자만감에 휩싸여 스스로 잘한다고 생각한다. 그건 자존감에 긍정적인 영향을 주니 좋은 현상이지만 정말 중요한 것은 따로 있다. 이제 그들은 이 질문에 답을 해야 할 것이다.

"지금 그 잘한다는 말의 기준은 어디서 왔나요?"

사실 답은 정해져 있고 나는 그 답을 알고 있다. 그들은 분명 주변 사람을 기준으로 하거나 부모님 같은 윗세대의 칭찬에서 자신감을 키워왔을 것이다. 하지만 대한민국 1등 혹은 해외의 저명한 사람을 기준으로 여긴다면 그들은 아직 한참 부족한 사람일 뿐이다.

대학에서 배우는 교양수업의 핵심은 바로 다양한 지식을 접함으로써 지식이 넓고 방대하다는 것을 깨닫고 스스로를 자랑하지 않게 하며 겸손하게 만드는 목적이 있다고 한다. 우리에게 진정 필요한 것은 더욱 높은 가치 기준을 추구하는 마음에서 비롯된 끝없는 배움과 열정(Stay Hungry, Stay Foolish)이다. 그러니 너무 쉽고 빠르게 만족하지 말자. 자랑도 하지 말고, 티 내는 것도 가능하면 최대한 감추자. 그저 나의 위치에서 묵묵히 정진하자.

낭중지추*라, 결국 능력이 생기고 탁월함을 갖추게 되면 주머니를 뚫고 나온 송곳처럼 필연적으로 세상에 드러나게 될 것이다.

2) 자만과 자신감을 구분하는 지혜

자만은 갖춘 것에 비해 자신을 스스로 높게 생각하는 것이며, 자신감은 자신이 가진 바를 믿고 신뢰하는 마음가짐이다. 사람들은 이 두 단어의 의미를 정확히 이해하지 못한 듯하다. 그래서 그런지 자만심을 자신감이라고 말하기도 한다. 정확히 구분하지 못하는 단어를 남발하는 것이다.

'저는 자신감이 있는 편이거든요.'

이런 말을 들을 때마다 나는 입을 닫고 자연스레 말을 아끼게 된다. 사람마다 정의가 다를 수 있겠지만 자신감은 글자로 입 밖으로 튀어나오는 것이 아니다. 자신감은 눈빛에서, 몸짓에서, 목소리에서, 말투에서, 표정에서, 화법에서, 걸음걸이에서, 그리고 정중함과 진중함에서 자연스럽게 느껴지는 것이다. 그것은 자연스레 믿음, 신뢰, 호감으로 넘어가게 된다. 내가 생각하는 자신감은 이런 것이다. 스스로에 대한(자) 믿음을(신) 느끼는 것(감). 굳이 입 밖으로 꺼내서 말할 필요가 있을까? 그 말은 혼자 있을 때 스스로 해주는 편

---

* 낭중지추(囊中之錐) : 재능이 뛰어난 사람은 숨어 있어도 저절로 사람들에게 알려짐을 이르는 말

이 더 효과적이라고 생각한다.

따라서 자신감을 가진 사람은 자만하지 않는다. 자신이 가진 것에 대한 확신이 있다는 말이다. 우리는 2가지에 대한 자신감을 가질 필요가 있다. 첫 번째는 내가 잘 해내고 있다는 사실에 대한 확신이다. 두 번째는 부족한 면을 충분히 극복해낼 나에 대한 믿음(자신감)이다. 내가 잘하는 부분이든 못하는 부분이든 위축될 필요 없다. 특정 상황에서 특정 부분에만 자신감을 발휘하는 것이 아니다. 극복해 낼 나, 보완해 낼 나, 앞으로 더 잘 될 나에 대한 자신감이 있으면 어떤 상황에서도 나의 진가를 발휘할 수 있다. 그러니 부디 자만에 빠지지 않고 정진하여 부단히 삶을 일구어가는 태도로 성공에 도달하길 바란다.

3) 겸손한 마음은 왜 중요한가?

① 진짜 부자들은 깊은 물처럼 도도히 흐른다

정말 돈이 많은 사람은 부를 드러내지 않는다. 가난한 자는 어떻게든 가난해 보이고 싶지 않아 부를 드러내기 위해 노력한다. 이것은 삶의 태도에 가장 결정적인 차이를 만들어낸다.

지금 당장 인스타그램을 켜보자. #경제적자유 #자수성가 등의 해시태그를 검색해봐라. 세상에 당신이 모르는 부자들이 차나 시계, 그리고 잘 빠진

정장을 입은 채 서재에서 커피를 마시며 찍은 사진을 여럿 발견할 수 있을 것이다. 그들은 자신이 가진 것을 자랑하고 그것이 얼마나 대단하고 이를 통해 자신이 얼마나 괜찮은 사람인지를 어필하려 노력한다.

그렇다면 잘 보자. 그중에 당신이 정말 알고 있는 유명 인사들이나 재벌 2, 3세의 사진도 있나? 아니 그렇지 않다. 그들은 자신이 가진 것을 자랑하기보다 오히려 자신의 삶과 일상에 집중하는 법이다. 그들은 쓸데없는 일에 휘말리거나 의미 없는 관계에 에너지를 소모하지 않는다.

모 재벌 총수의 손주는 얼마 전 인스타그램에 대중교통을 이용하는 사진을 올렸다. 그리고 사진 밑에 '기사화하지 말아주세요. 부탁합니다'라고 적어놨다. 반면 온몸에 명품으로 도배를 하고 지하철에 오르거나 SNS에 자신이 얼마 버는지를 명확하게 명시해두는 사람도 있다. 단 한 번이라도 잠잠히 생각해 보자.

'왜 내가 버는 돈의 액수를 드러내야 하는가?'

그것이 큰 문제거나 그런 사람들이 모두 잘못되었다는 것이 아니다. 그러한 행동을 하게 된 동기와 과거의 결핍이 무엇이냐는 것이다. 깊은 강처럼 도도하게 흘러가자. 내가 얼마를 벌든 그건 나의 인생이다. 자랑만 하는 사람을 좋아하는 사람은 없다. 도리어 겸손하고 차분하게 나의 인생에 집중하면 된다. 사람들은 그런 사람을 더 좋아한다.

② 나보다 잘하는 사람은 항상 존재한다

두 가지로 보면 된다. 만약, 당신이 하는 무언가에 당신보다 잘하는 사람이 없다면 첫 번째, 당신은 정말 당신이 속한 분야에서 세계 최고의 마스터일 것이다. 허나 당신이 아무리 생각해봐도 그렇지 않다면, 두 번째의 경우다. 당신은 주변에 당신보다 잘하는 사람들을 찾아보지 않았다.

대한민국 프랜차이즈 요식업에 큰 획을 그은 백종원 대표는 TV 프로그램에 등장해 자신이 알고 있는 지식을 마음껏 뽐내고 사람들에게 정확한 정보를 알려준다. 언젠가 SBS에서 방영된 '골목 식당'을 통해 재미난 장면을 볼 수 있었다. 해산물에 관한 이야기를 나누던 중, 백종원 대표는 정확한 정보를 물어야 한다며 수산물 관련 유튜브를 운영하는 전문가에게 전화를 걸었다. 나는 이 장면이 갖는 상징성이 굉장히 크다고 생각한다. 당시 대한민국의 최고 인기를 누리던 백종원이라는 네임드는, 사실 그의 재치 있는 언변술보단 그가 가진 '전문성' 때문이었다. 그런 백종원 대표가 한낱 유튜버에 불과한 사람에게 전화를 걸어 정보를 얻는다? 나는 이 자체로 충격을 받고 당시 언급된 유튜버의 채널을 찾아가서 하나하나 살펴봤던 기억이 있다. 백종원 대표와 개인 채널 유튜버는 인지도와 사회적 성과에 분명 차이가 있지만, 수산분 야만큼은 자신보다 훨씬 더 잘 아는 사람을 알아보는 안목과 신뢰하는 겸손한 태도가 돋보인 것이다.

나보다 잘하는 사람은 어디에나 존재한다. 우리 눈에 보이지 않는 이유는 그 사람과 내가 사는 사회적 위치가 다르거나, 마주칠 일이 없는 환경에 존재하거나, 또한 당신이 찾지 않은 것이다. 그리고 나보다 잘하는 사람의 기준이 곧 사회적 위치를 의미하지는 않는다. 백종원 대표처럼 자신보다 사회적 명성이 훨씬 작은 유튜버에게 정보를 묻는 것처럼 말이다. 만약 백종원 대표가 자신보다 잘 아는 사람이 없다고 믿었다면 어떻게 됐을까? 우린 방송에서 잘못된 정보를 얻고, 나중엔 그 정보의 불확실성 문제로 백종원 대표의 신뢰도 또한 바닥을 치지 않았을까? 그러니 겸손한 자세를 잊지 마라. 어딘가에 반드시 숨어 있을 고수를 생각하며 나의 분야에 더 깊이 정진하자. 그 태도가 갖춰질 때 큰 성장이 당신을 찾아올 것이다.

PART 4
속 도

❹ 조급한 마음을 제발 버려라

1) 5분 빨리 가려다 사고난다

우리는 효율과 생산성을 부르짖으며 빨리 성장하고자 한다. 그리고 남보다 효율적이지 못하다는 생각이 들면 곧 뒤처지게 될 거라는 불안감, 조급함이 몰려온다.

제발 조급해하지 마라. 누군가는 당장 눈앞의 무언가를 얻기 위해 빨리 달리는 사람도 있고, 누군가는 자신의 정확한 페이스대로 천천히 달리는 사람이 있다. 당신의 목적지가 어디든 간에 이 두 길의 차이는 결국 10~15분 정도밖에 되지 않는다. 내비게이션이 딱 그렇지 않은가? 경로의 차이가 있을 뿐 도착 예정 시간은 비슷하다. 그리고 아무리 요령껏 운전하고 끼어들고 빠르게 운전해도 도착 예정 시간에서 고작 10분을 단축하는 것도 쉽지 않다. '시간을 아끼라'고 하면서 왜 조급함을 버리라고 하는지 궁금할 수 있다. 그 이유는 조급함으로 발이 꼬여 넘어지게 되면 잃는 것이 너무 많기 때문이다. 그뿐만 아니다. 조급함에 쫓기는 사람을 생각하면 어떤 이미지가 떠오르는가? 도착했을 때 운전자의 상태는 과연 어떠할까? 당연하게도 정상이 아니다. 벅찬 숨에 가슴을 들썩이고 평정심을 잃은 상태다. 먼 거리로 떠나는 군대와 같다고 생각하자. 도착하는 순간에 완벽한 상태로 전쟁을 치를 준비가 되어있지 않으면 무조건 패배하게 된다. 삶과 성공도 그렇다. 내가 최적의 상태를 유지할 수 있는 나만의 페이스를 발견하여 그 속도감을 이해하고 차근차근 성장하는 것이 나를 위한 올바른 길이다. 그렇다면 나에게 가장 적합한 속도라는 건 도대체 어떤 의미일까? 내가 하나의 업무를 처리하는 속도를 사랑하고, 실수를 저지른 나 자신을 여전히 아껴주며, 그 실수를 회복하는 데 걸리는 시간마저도 포용하고 받아들이는 것이다.

오해하지 않기를 바란다. 나는 천천히 가는 게 정답이라고 하는 게 아니다. 느린 게 더 좋다는 말이 아니다. 자기 자신에게 적합한 속도를 모르고 무리해서 인생을 몰아붙이는 조급한 마음을 잠시 멈춰 세우고 싶을 뿐이다. 나다움이라는 키워드는 삶의 속도에도 여지없이 적용되기 때문이다.

2) 조급함을 만드는 3가지 원인

① 나 자신

조급한 마음을 부르는 가장 주된 적은 바로 '나 자신'이다. 외부의 적이 당신을 괴롭히는 것이 아니다. 내가 나의 발목을 잡고 나아가지 못하게 만드는 것이다. 누구도 나의 등을 떠밀지 않았지만 혼자 발을 동동 구른다.

종종 20대 친구들을 만나 이야기 나눠보면 마치 몇 년 뒤에 끝장을 봐야 하는 것처럼 이야기하곤 한다. 당연히 30대인 내 입장에선 아쉬울 수밖에 없다. 20대는 당연히 실패하며 배우고 성장하는 나이기 때문이다. 얼마든지 실수하고 재도전할 수 있다.

아래 질문에 답해보자.

● 내 안에 조급한 마음은 1~10중 어디쯤인가?

● 어떤 것을 성취하기 위해 이토록 조급해하는가?

● 조급한 마음을 불러일으킨 사람/상황/이유는 무엇인가?

● 내가 스스로 조급한 것인가? 외부 상황에 의해 조급한 것인가?

올바른 선택이란, 나 스스로가 하늘을 우러러 후회할 것이 없고 내 인생을 위해 올바른 선택을 내리는 것이다. 내 안에 어떤 원인과 이유와 동기가 담겨 있는지 확인하자. 조급함을 부르는 대부분은 내가 겪은 과거의 상황과 주변 사람 및 스스로를 향한 채찍질이다. 그것도 물론 중요하지만, 현재 내리는 결정이 나의 인생에 정말 유익한지 재점검해볼 필요가 있다.

② 타인의 시선 & 타인의 성공

'타인은 지옥이다'라는 웹툰의 제목처럼 사람들의 시선은 때로 혹독하다. 그래서 우리는 그것을 쉽사리 외면하지 못하고 그들의 시선과 바람에 부응하는 삶을 살아가게 된다. 나도 모르는 사이에 말이다. 물론 인간은 사회적 동물이기에 외부의 시선을 절대 피할 수 없다. 그러나 타인의 시선과 내 시선 사이에서의 이질감은 무조건 존재한다. 뭔가 나답지 못하다고 느끼는 감정이 바로 그것이다. 대다수 사람은 이 감정을 정확하게 인지하지도 못하고 본인의 인생이 타인에 의해 결정됐다는 사실을 인정하는 것도 힘들어한다. 하지만 나의 인생을 직접 결정하며 살겠다는 주체성을 가지는 순간, 타인의 시선은 내가 평생 싸워가야 하는 것으로 변하게 된다. 타인의 시선에서 자유로운 인생을 살고 싶은가? 우리에겐 정신적 독립을 위한 내적 전투력이 필요하다. 마치 잔 다르크처럼 전쟁터의 가장 앞선에서 내가 나의 인생을 위해 맞서 싸우는 그런 느낌이다.

흔히 가장 조급한 마음을 크게 불러오는 요소는 부모님이나 친구들의 바람이라고 생각하기 마련이지만 그렇지 않다. 우리를 가장 괴롭히는 건 타인의 성공이다. 똑같은 일을 함에도 타인이 상대적 우위를 선점하는 순간부터, 우리는 압박감을 느낀다. 사람들의 실제 의도와는 상관없이 자신을 바보처럼 여길 거라 생각할 거고, 이런 곡해는 점점 당신을 옥죄여오고, 또 쉽게 망가트릴 것이다.

필자인 나로 말하자면 이러한 시선에 평생 자유롭지 못한 사람이다. 타인의 시선이라는 측면에서 특히 눈이 가리어지고 온몸이 사슬로 꽁꽁 묶였다랄까? 어릴 적 나는 타인과 비교당하는 문화에서 자라왔다. 더욱 슬픈 건 그 시간 동안 내가 더 잘하는 존재였던 적이 거의 없다는 사실이다. 그랬기에 20대가 되어서도 친구들을 떠올리며 나 혼자 무언의 경쟁을 펼쳤다.

'걔보다 더 나은 대학에 가야 해'

'걔보다 더 좋은 직장에 취직해야 해'

'걔보다 연봉이 더 높아야 해'

시간이 아주 오래 지나고 깨달은 일이지만, 친구는 그러한 편견 없이 나를 바라봐주고 있었고 나 혼자 발을 동동 구르며 경쟁한 셈이 됐다. 정말 바보 같은 일이 아닌가.

이러한 조급함을 사라지게 만드는 가장 중요한 열쇠는 바로 '나 자신만의 기준'을 만드는 것이다. 나 자신의 기준, 데드라인, 방식, 계획 등을 확고하게 세운 사람들은 주변에서 아무리 이런저런 이야기를 하고 좋지 않은 시선을 보내더라도 무너지지 않는다. 자신을 믿으며 만든 플랜을 전적으로 신뢰하기 때문이다. 만약 이것이 확고하게 자리 잡지 않는다면, 당신은 자신이 아닌 타인을 위해 살아가는 삶을 살아갈 것이다. 타인의 시선을 두려워 말고 자신의 기준을 확고하게 세우기 위해 노력하라. 그리고 당신만의 속도를 존중하라.

<조급함을 사라지게 하는 나만의 기준 세우기>

- **스스로 해낼 수 있다고 신뢰하고 있는가?**
- **내가 달성하고 싶은 목표는 무엇인가?**
- **그 목표에 예상되는 장애물은 무엇인가?**
- **장애물을 뛰어넘기 위해 무엇이 필요한가?**
- **현재 실천하고 발전하고 있는가?**
- **지금 속도로 성장할 때 언제쯤 목표를 달성할 것 같은가?**

③ 외부의 상황

사회 문화적 요인 또한 우리의 조급함을 유발하는 큰 요인이다. 특히 당신이 빨리 성공한 어른이 되어야 한다는 압박에서 벗어나길 바란다. 중요한 것은, 사회적 맥락을 따라가는 것이 성공을 의미하는 게 아니라는 걸 인지해야 한다. 특히 한국 사회는 '빨리빨리'와 '나이'를 중요시하는 사회적 분위기가 형성되어있다. 부족한 시간을 주고도 완벽하게 해내야만 한다는 압박적인 분위기와 특정 나이대에는 이렇게 해야 한다는 평균값이 정해져 있다. 어른이라면 당연히 이에 걸맞은 행동해야 한다는 사회적 메시지는 당신을 더욱 조급하게 만든다.

그냥 이렇게 생각하면 좋다.

- **어른은 없다.**

● **완벽도 없다.**

● **성공은 사람마다 다르다.**

● **모두 쫓아가는 답은 내가 진정 원하는 것이 아닐지도 모른다.**

그건 세상의 특정 분류를 구분 짓기 위한 맥락일 뿐, 당신이 어른이 되기 위한 일종의 자격증을 얻을 필요는 없다. 그리고 당신은 빨리하는 것보단 꾸준히 해야 한다. 당신이 속도에 압박을 받을수록 그저 사회라는 시스템의 부품으로서 전락할 수밖에 없다. 그러니 사회 분위기에 휩쓸리지 말고 자신을 먼저 인지하라. 객관적으로 사회와 나 자신을 바라보고 나에게 맞는 속도를 찾아라. 빨리 어른이 돼야 한다는 압박감에서 벗어난다면 당신은 훨씬 당신으로서 살아갈 수 있다.

3) 조급함에서 가능성 높은 성공전략으로 전환해라

① 링컨의 말을 기억하라

이쯤에서 명확히 할 필요가 있다. 나만의 속도를 찾으라는 것은 느슨함과 게으름에 명분을 주는 이야기가 아니다. 당신의 속도에 걸맞게 가라는 말 또한 당신이 지금처럼 가도 성공한다는 말이 아니다. 이것 하나만큼은 확실히 하자. 성공하는 사람들은 그만한 이유가 있고 누구보다 물 밑에서 보이지 않는 물장구를 몇 배로 쳤다. 그리고 그 과정에서 각자 자신에게 맞는 속도와 사이클을 찾고 타인의 시선보다 스스로에게 집중했을 뿐이다. 당신이 찾아야 하는 것은 당신에게 가장 걸맞은 빠른 속도와 그리고 그 속도를 유지하며 끝까지 갈 수 있는 사이클이다.

'나는 걸음이 느릴지언정 절대 뒤로 가지는 않는다.'

책을 쭉 읽으며 의문을 품은 적은 없는가? 왜 '나만의 속도'를 이토록 중요하게 생각하는 걸까? 어쩌면 귀찮아 보이는 자아 탐구를 통해 왜 나의 속도를 이해해야 하는 걸까?

조급한 마음을 깨뜨리며 성공전략을 위해 나만의 속도를 확립하는 것은 바로 성공확률을 높이기 위해서다. 내가 정말 좋아하는 말이다.

1년이 채 되지 않아 국내 10만 인플루언서로 성장하는 과정에서 필연적으로 다양한 인플루언서와 사람들을 만났다. 나는 정말 많이 기대했다. 그들이 영향력을 가지기까지 얼마나 큰 각고의 노력을 통해 스스로를 단련했을까 상상했다. 물론 알다시피 그건 나의 착각이었다. 그리고 만난 사람들이 100명쯤이 되는 때 깨달았다. 진짜 자신만의 속도로 성장하는 사람들은 100명 중에 2~3명도 채 안 된다는 사실을 말이다. 모두 '빨리' 성장하고 싶어 했고 SNS에서 자신을 드러내기에 급급했다. 그리고 그런 모습에 혹하는 사람들은 똑같이 조급하게 행동했다. 조급함의 전염병이 SNS를 휩쓸고 있는 현장 정 가운데에 서 있는 나를 발견한 것이다.

"꾸준히 해도 될까 말까 한 꿈을 꾸면서 빨리 가려고 한다니, 이게 말이나 되는 소립니까?"

내가 멘토에게 들은 말이기도 하면서 20대 상담자에게 건넨 말이다. 중요한 건 빨리 성공을 맛보는 게 아니라 성공확률을 100%로 끌어올리는 일이다. 진짜 나의 성공에 기여할 수 있는 일을 중점적으로 24시간을 구성하고 꾸준함으로 투자해야 한다. 성공은 의외로 정직하다. 그리고 정직한 성공을 이뤄내기를 바란다. 그래야 쌓은 성공이 쉽게 무너지지 않는다. 조급함을 버리면 성공의 관점이 달라진다는 것을 기억하라.

'슬로우 리치 프로젝트(Slow Rich Project)'

천천히, 그러나 확실히 부자가 된다는 뜻으로 앞서 설명한 성공확률을 높이는 일에 집중하고 조급한 마음을 버리는 것을 뜻한다. 인생을 100년이라고 생각하자. 그리고 꽃의 만개와 시듦을 자연의 이치라고 생각하자. 성공하면 느린 속도라도 하강할 수밖에 없다. 이러한 관점에서 성공의 지점을 주체적으로 설정한 뒤 그 지점까지 성공에 필요한 자질을 갖춘 사람이 되는(become) 프로젝트성 성공 운영 방식을 가져보자.

② 기간을 2배로 잡기만 해도 성공확률이 급증한다

인디언들은 말을 타고 갈 때 중간중간 뒤를 돌아본다고 한다. 자신이 너무 빨리 달리기에 혹시나 자신의 영혼이 떨어져 쫓아오지 못할까 걱정되기 때문이라는 것이다. 무속신앙 같은 말이지만, 인디언들의 태도에서 우린 빨리 달리는 것보다 나를 온전히 지키면서 나아가는 것의 중요성을 배울 수 있다. 서두르면 놓치는 것이 생기기 마련이다. 그리고 놓치는 것이 늘어나기 시작하면 결과물은 만족스럽게 나오지 않는다. 속 빈 강정처럼 말이다. 그렇게 가다 보면 당신의 결과물은 얻는 것보다 잃는 것이 더 많아진다. 내실이 탄탄하지 않은 결과물은 다방면의 실용성을 갖추지 못할뿐더러 자존감과 신뢰도에도 부정적인 영향을 주기 마련이다.

당신이 기대하고 생각하는 것보다 두 배의 기간을 잡아라. 그러면 성공확률이 놀라운 수준으로 상승하게 된다. '슬로우 리치 프로젝트'의 관점은 당신에게 2배 이상의 성장 시간을 충분한 수준으로 허락해 줄 것이다. 곡식은 아무리 빨리 자라게 하고 싶다고 한들 그에 맞는 계절이 되어야만 결실을 보게 된다. 곡식이 여무는 시간을 충분히 주지 않고 너무 빨리 수확해버리면 먹을 수도 없고 팔 수도 없다. 스스로가 여물어 간다고 생각하자. 정확한 때에 성공이 일어나리라 생각하자. 그때까지 우리가 해야 할 일은 그에 걸맞은 사람으로 준비하는 일이다.

실제 연구에서 뇌과학자들은 인간의 뇌가 숙성과정을 거치면 특정 결과물의 완성도에 매우 큰 영향을 미친다고 말한다. 당신이 목표하는 것에 두 배의 시간을 들여 숙성의 과정을 거칠 수 있다면 확률적으로 여러 번의 실패가 지속하는 동안 하나의 큰 성공을 이뤄낼 가능성이 훨씬 크다. 그러니 결과에 대한 조급함에서 벗어나라. 그 순간 당신이 하는 모든 것들의 가치가 점점 높아질 것이다.

실제 친분이 있는 한 작가님과 이런 대화를 나눈 적이 있다.

"살면서 딱 세 명의 천재를 본 적 있어요. 한 명은 내가 정말 좋아하는 작가님, 또 한 명은 동기였고, 나머지 한 명은 후배였지요. 그 세 명을 본 순간 저는 절대 넘을 수 없는 벽이 있다는 게 느껴서 너무 슬펐어요. 내 앞에만 해도 이렇게 많이 보이는데 세상엔 얼마나 더 많이 있을까…. 난 살아남을 수 있을까? 라고 한탄하면서요."

"근데 그 중 아직도 글을 쓰는 사람은 딱 한 명뿐이에요. 아까 말한 후배 딱 한 명이요. 심지어 작가님이라 불리는 사람도 글을 그만뒀어요. 그렇게 오랜 시간을 두고 현장에서 버티다 보니 내 앞을 열심히 달리던 사람들이 다 없어졌어요."

물론 그들이 노력 없이 버티기만 했다는 건 아니다. 그도 자신이 할 수 있는 최대한의 노력을 쏟으며 조금씩 자신의 위치를 높여왔을 테니까. 하지만 그보다 결정적인 이유는 2배 이상의 시간을 스스로 허락하고 버텨내다 보니 자신보다 월등하던 사람들조차 못 버티고 사라져 버렸던 것이다.

어떻게 보면 인생은 버티기 싸움이다. 버티다 보면 반드시 빛을 보게 된다는 말, 강한 사람이 살아남는 게 아니라 살아남는 사람이 강한 것이라는 말. 이 말을 하는 사람들의 공통점은 무엇일까? 그들도 강한 존재로서 있던 사람이 아니라 열등한 존재로서 자신의 차례를 기다려야 했던 사람들이다. 그렇기에 살아남는 사람이 강한 사람이라는 결론을 내릴 수 있게 된 것이다. 우리는 얼마나 버텨야 하는지에 대해 불확실성을 가지고 있다. 누군가는 10년간 외길을 파면 반드시 빛을 본다고 말하기도 한다. 정확히 답이 뭔지는 알 수 없다. 이 또한 개인차가 존재할 것이다. 하지만 한 가지 명확한 것은, 끝까지 버텨서 실패한 사람은 없다. 실패한 사람은 애당초 잘못된 목표를 세운 것일 가능성이 압도적으로 높다. 사회적으로 증명된 분야에서의 버팀은 반드시 결과를 도출해낸다. 그러니 버텨라. 그러다 보면 자연스럽게 당신 앞에 있는 사람들은 모두 사라지고 말 것이다.

다시 처음으로 돌아가, 당신이 기대하고 생각하는 것보다 2배의 기간을 잡는다는 것은 곧 버틸 수 있는 가능성이 높아진다는 것을 의미한다. 자, 처음 예상했던 걸 넘어 노력한 결과가 기대되지 않는가.

PART 5
부 정

❺ 부정적인 것은 쳐다도 보지 마라

1) 뻔한 긍정의 힘은 가장 무시되기 쉬운 힘이다

우리는 살아가며 때때로 의지할 곳을 찾아 교회나 절 같은 종교단체를 찾아간다. 그곳에서 듣는 가장 흔한 인생 조언은 보통 '작은 것에 만족하라', 또는 '주어진 것에 감사하라' 일 것이다. 하지만 삶이 그리 만족스럽지 않고 명확한 해결책을 제시하지 않으니 불만족스러운 경우가 생길 수 있다. 도리어 상황을 바꾸기 위해 노력하느라 힘이 다했다면 이러한 조언은 오히려 기운을 빠지게 할 수도 있다. 이런 현상 때문에 긍정이 가지는 탁월한 효과는 쉬이 무시되고 인생에 뻔한 것으로 일반화되어 변화의 계기를 빼앗아 가기도 한다.

어릴 적부터 종교색채가 짙은 집안에서 자란 내가 특히 그랬다. '주어진 것에 감사하라'는 말을 들으면 주어진 것이 별로 없다고 대답했다. 그리고 주어진 것은 그 몸뚱이와 숨 쉴 수 있는 생명이 있으니 감사하라는 소리를 들었다. 이런 말이 인생에 도움이 될 리 없다. 결국, 상대적 박탈감이 인생을 집어

삼켜 버리고 결국 다시 태어나는 것이 빠르겠다는 생각으로 인생을 살아왔다. 돈이 없어 친구들 사이에서 차별을 받는데 '나는 건강한 몸이 있으니까 괜찮아'라고 말하는 사람이 어디 있겠는가!

'긍정의 힘'이 삶 속에 어떤 영향을 미치는지에 대해 말한다. 귀한 줄 몰랐던 삶 속에서 만족과 감사를 찾는 것은 결국 삶에 대한 긍정적인 태도를 보이는 것이고, 이 태도로 생겨난 '긍정의 힘'으로 삶이 변화할 것이란 크나큰 예언이다.

① 긍정에 대한 본질

긍정의 힘에 대해서 깨달은 것은 10년이라는 세월을 허비한 후였다. 세상을 이분법적으로 볼 필요는 없지만, 만약 그렇게 나눠본다면 나는 부정적인 영향력 아래 나의 인생을 놓아두고 부정적인 관점과 부정적인 생각을 하며 지난 세월을 살아왔었다. 긍정의 본질은 마음을 바꾸는 것이다. 감정을 전환하고 좋은 에너지를 창조하는 일이다. 사람은 가만히 두면 끝없이 부정적으로 침잠한다는 사실을 인지하는 것도 필요하다. 인간의 근본은 긍정적이지 않다. 방에 앉아 60분간 가만히 있어 보자. 점점 기분이 좋아지고 긍정적으로 변하기는커녕, 부정적인 생각에 마음을 내어주고 기분이 안 좋아져 있는 나 자신을 발견하게 될 것이다. 물론 이게 이상한 건 아니다. 우리의 뇌는 생존을 기반으로 형성되어있기에 위험 상황을 크게 인지하고 부정적인 것을 경계하기 위해 부정성을 크게 부각하는 것뿐일 테니 말이다. 핵심은 긍정적으로 살기 위해서는 의식적인 노력이 필요하다는 사실이다.

② 긍정의 힘은 관계에 큰 영향을 미친다

당신이 미처 깨닫지 못했을지 모르지만, 긍정의 힘은 사람을 주변으로 모이게 한다. 한 미국에서 촬영한 한 유튜브 영상 속에선 아침에 이유 없이 모르는 사람에 관한 칭찬을 건네고 반응을 보는 실험 카메라 영상이 있었다. 예를 들면, 지나가는 할머니에게 영화배우 같다든지, 출근하는 직장인에게 웃는 게 아름답다고 하는 등의 칭찬을 건네는 영상이다. 영상에 나오는 행인들은 대부분 활짝 웃으며 칭찬을 건넨 이에게 칭찬으로 화답하였다. 일상에서 찾아온 예상치 못한 긍정의 신호가 행인들의 하루를 기분 좋게 만든 것이다. 사람들이 TV 프로그램을 선택할 때 다큐, 보도 프로그램 같은 뼈아픈 사실보다 예능, 드라마 등에서 위로를 바라는 이유도 울기보단 웃기를 원하기 때문이다.

긍정적인 태도는 관계와 직결되어 있다. 인간이기에 언제나 무리에 속하여 살 수밖에 없는 삶에서 관계는 노동이면서도 생명(생계)과 직결된 문제다. 당신의 회사 동료로 예를 들어보자. 두 명 중 직업적 평가가 같은 상황에서 긍정적인 태도로 업무 환경을 활기차게 이끄는 인물과 부정과 비관으로 분위기를 망치는 인물 중 누구와 일을 하고 싶은가? 당연한 질문이지만, 실제로 내가 긍정적인 인물이 되거나, 주변에 긍정적인 인물로만 가득 차 있진 않을 것이다. 긍정은 생각보다 노력이 필요한 부분이기 때문이다.

인생이 단번에 바뀔 수가 없듯, 긍정적인 태도 또한 차근차근히 쌓아가야 하는 부분이다. 일명 소확행(소박하지만 확실한 행복)은 앞서 말했듯이 작은 것에 만족하고 주어진 것에 감사하는 삶의 태도를 요즘 식으로 말하는 것이다. 몇천 년 전의 예수님, 부처님도 같은 말을 했다. 삶의 진리는 그렇게 어려운 것이 아니며 작은 심리적 만족감을 삶 속에서 꾸준히 찾다 보면 작은 긍정들이 쌓여 결국에 당신에게 인생이 잘 풀리고 있다는 느낌을 줄 것이다.

2) 부정적인 생각은 꼬리에 꼬리를 문다

물감이 묻은 붓을 물통에 넣어본 적이 있는가? 투명했던 물속이 순식간에 물감의 색으로 번진다.

부정적인 감정이 우리의 마음에 끼치는 영향 또한 그렇다. 생각은 누구나 하는 것이지만 '생각이 많아 보인다.'라는 표현은 우리에게 고민이 많다, 고민을 할 만한 일이 생겼다는 느낌으로 받아들여진다. 다들 오랫동안 생각을 한 경험이 있고, 그 생각은 보통 부정적인 생각이었을 거다. 부정적인 생각은 생각의 꼬리를 물어 또 다른 부정적인 생각을 낳고 결국 만사가 자신을 위협할 요소로 변하면서 투명한 물 같던 우리의 마음은 여러 색깔이 섞여 결국 검은색으로 변하게 된다. 그렇다. 부정적 마음은 쉽게 번지고 쉽게 물든다.

끝없는 부정적인 생각은 결국 자존감의 하락으로 이어진다. 이런 식으로 만사에 위협을 느꼈을 때, 우리는 움츠러들거나 방어적이고 자책하는 인간이 된다. 자존감의 하락은 주변의 시선을 극도로 의식하게 하고 자기방어를 위해 가시 돋친 말을 쏟아내며 모든 것을 비관적으로 바라보게 된다.

무언갈 함께하고 싶은 사람은 앞날 또한 같이하고 싶은 사람이다. 비관적으로 현재와 미래를 바라보는 사람과 미래를 만들어가고 싶은가? 그런 사람이 있다면 이미 그 사람만큼이나 비관적으로 세상을 보는 사람일 것이다. 이를테면 이전에 뉴스에서 보았던 모르는 사람끼리 함께 모여 동반 자살을 한 '자살 동호회' 같은 관계인 것이다.

자존감의 하락은 인간관계 문제로 곧장 이어진다. 관계는 앞서 말했듯 인간의 생명과 관련이 깊은데, 이성 관계 또한 우리의 삶, 생리에 있어서 크나큰 부분을 차지한다. 종종 길거리나 주변을 살펴보면 '그리 잘난 게 없는데 어떻게 연애를 하나' 싶을 때가 있을 것이다. 그런 사람들을 만나 이야기를 나눠보면 자신의 외모 상태를 인지하고 있지만, 그것으로 인해 이성에게 다가가는 것을 망설이지 않으며(자조적일 수는 있다) 자기 자신을 사랑하는 자존감에서 비롯된 자신감을 갖고 있다. 이 사람이 자신에게 주어진 상황에 부정적인 태도로 일관했다면 이성 관계에 있어 절대 긍정적인 결과를 얻어내지 못했을 것이다. 긍정적인 태도로 자신의 삶을 가꾸는 사람은 자신의 외모를 잘 가꾼 사람보다 훨씬 매력적인 사람이다.

다시 앞으로 돌아가서, 누구나 오랫동안 생각을 한 적이 있고 부정적인 생각이 끊임없이 이어지는 경험을 해보았을 것이다. 그렇다면 그 생각을 마친 뒤에 결과는 어떠했는가, 부정적인 생각이 당신을 이로운 방향으로 이끌었는가? 그런 생각을 오래 하는 것만으로는 당신의 인생에 닥친 문제들은 해결되지 않을 것이다. 그래서 우리는 부정적인 생각을 털어버리고 문제에 직접 부딪혀야 한다. 앞서 말했듯, 긍정적인 태도는 차근차근히 쌓아 올려야 한다. 먼저 부정적인 사람들의 생각 패턴을 알아보고, 부정적인 생각과 감정을 처리하는 방법을 알아본 뒤, 긍정적으로 사는 법에 관해 이야기해 보겠다.

<긍정적인 태도 만드는 5가지 방법>

- **긍정적인 태도의 중요성을 이해한다.**
- **명상을 통해 자아 성찰의 시간을 가진다.**
- **자신을 행복하게 만들어주는 일에 집중한다.**
- **지금보다 건강한 인간관계를 형성한다.**
- **자신만의 스트레스 관리법을 만든다.**

3) 살면서 무조건 경계해야 하는 8가지 부정적 생각 패턴

① 이분법적 사고

이분법적 사고는 가장 위험한 태도다. 인간은 몇 개의 단어로 구분 지을 수 없이 사고하는 존재이다. 그렇기에 이들이 모인 집단은 더욱 다양한 형태를 가진 다각화 집단이다. 그러나 부정적인 사람들은 극단적인 사례로 이를 바라보고 옳고 그름, 긍정과 부정, 성공과 실패 등을 이분법적으로 판단한다. 문제는 그사이의 수많은 경우의 수와 다양한 가능성을 배제하는 오류를 범하게 되는 것이다.

② 정신적 여과

부정적인 사람들은 항상 최악을 예상한다. 최악의 경우라는 것은 말 그대로 걷잡을 수 없는 상태를 말하는 것이다. 이러한 일이 생길 확률은 적은 편이고 긍정적인 부분과 발전시킬 가능성 또한 늘 존재하기 마련이다. 하지만 부정적인 사람들은 스스로 긍정적인 부분을 필터링한다. 최악만 남기고 부정적인 결과만 예측하는 것이다.

③ 성급한 일반화

일반화의 오류라는 말은 많이 들어봤을 것이다. 자신이 알고 있는 몇 가지 사례만으로 모든 것을 판단해 버리는 경우가 있다. 특히 부정적인 사고를 가진 사람들은 더 그렇다. 이런 사람은 보통 '어차피 걔는'. '뻔해'. '항상' 같은 말을 입에 달고 살게 되는데, 문제는 자신의 성급한 판단이 긍정적인 결과를 낳기보다 더 좋은 기회나 사람을 바라보는 것을 편협하게 만든다는 점이다. 이런 사람은 점점 자신의 시야를 좁게 만들어 부정에 잡아먹혀 버린다.

④ 개인화시키기

이 세상 모든 것들을 자신과 연결해서 설명하려 한다. 심지어 자신과 직접적인 연관성이 없는 것마저도 자신의 탓이라 착각한다. 간접적인 영향이 존재할 수 있을지 몰라도 긍정적인 사람들은 털어내는 것마저 유연하다. 하지만 부정적인 사고가 강한 사람들은 사소한 것조차 스스로 뒤집어씌우고 털어내지 못한다. 결국, 이 모든 것이 죄책감이나 피해의식이 되고 이는 자신의 정신을 파멸하게 만든다.

⑤ 낙인찍기

이런 사람들은 주변에서도 꽤 많이 볼 수 있다. 그 사람의 일부를 보고 전체를 판단하려는 사람들. 이런 증상이 가장 무서운 이유는 따로 있다. 이런 사람은 보통 자신뿐만 아니라 자신이 보고 있는 상대방조차 좁은 세상에 가두려는 태도를 보인다. 그래서 자신이 찍은 낙인을 타인에게 전달하여 타인도 자신과 함께 낙인에 대해 생각을 할 수 있도록 세뇌한다.

⑥ '해야만 해' 강박

해야 하는 것과 하고 싶은 것은 다르다. 앞은 부정적인 느낌이 강하고 뒤는 긍정적인 부분이 강한 것이다. 보통 우린 하고 싶은 걸 하다가 자신도 모르게 그것에 지치는 순간 그걸 해야만 하는 상황에 놓이게 된다. 그리고 그 순간부터 그것을 부정적으로 바라보게 된다. 부정적인 사람들은 모든 상황을 이런 식으로 인지하는 경우가 많다. 그 때문에 상황이 가지는 긍정성은 줄고 능률은 떨어지며 어느 순간 강박만 남아 스스로를 옥죄어 온다.

⑦ 감정적 추론

부정적인 사람이 냉정하다는 말은 착각이다. 부디 현실주의자와 부정적인 사람을 잘 구분하길 바란다. 현실주의자는 이성이 앞서지만, 부정적인 사고를 가진 사람은 감정이 앞선다. 사실 여부를 판단하기보다 그저 표출하는 것에만 집중하고, 감정에 비춰 사실을 왜곡하기에 이른다. 그리고 그 감정을 쉽게 떨쳐내지 못한다. 세상을 이미 색안경 낀 감정을 통해 바라보고 있기 때문이다.

⑧ 임의적 추론

부정적인 사람은 결론을 내기가 쉽다. 필요한 과정을 하나하나 세세하게 거치지 않고 임의적으로 내린 결론을 최종결론으로 가져가는 경우가 흔하기 때문이다. 이렇게 만드는 결론은 결코 섬세하지 못하고 추상적이다. 제대로 된 결론을 내리기 위해선 여러 가지 경우의 수를 고민해야 하는데, 부정적인 사람은 대체로 방어적이고 경계하는 태도를 취하기 때문에 단편적인 사실만으로 결론을 지어버린다. 결국, 빈틈으로 인한 실패의 악순환은 깊은 우울감을 부르기 마련이다.

4) 부정적인 생각과 감정을 처리하는 4가지 방법

부정적인 생각은 부정적인 감정으로 이어지고 이것을 올바르게 해소하지 못하면 부정은 우리의 삶 속으로 이어진다. 만약 이 생각을 끊을 수 없다면, 삶으로 이어지는 고리를 끊는 방법부터 터득하기를 권한다.

장례식장을 가보면 상주 앞에서 자기 가족이 죽은 것처럼 통곡하고는 뒤돌아서 아무 일 없다는 듯이 뚝 그치고 육개장을 떠먹는 어르신을 보게 된다. 나갈 때쯤 마중을 나온 상주에게 웃으며 격려를 보내는 모습을 보면 어쩜 그렇게 빠르게 감정이 변화할까도 싶지만, 사실 그 어르신은 오랜 삶의 경험을 통해 죽음과 남은 사람들을 지켜보는 경험이 쌓인 것이다. 다시 말해, 부정적인 감정을 빠르게 털어내는 것의 중요성을 알고 숙련된 것이다.

이를 통해 알 수 있듯, 우리도 마음의 수련을 통해 생각과 감정을 컨트롤하는 것에 있어서 노련해져야 한다. 인간의 삶에 궁극적인 목적은 행복해지는 것이다. 그것은 내 안의 부정을 털어내고 나를 긍정적으로 만든 뒤 타인에게 긍정적인 영향을 전달하며 삶을 성공으로 이끄는 것이다. 하지만 긍정적으로 살겠다고 해서 부정적인 생각이나 감정을 억제할 수는 없다. 오히려 슬픔이나 분노, 후회 등 부정적인 요소들은 삶의 필연적인 것들이다. 중요한 것은 이를 적절한 시간에 올바르게 처리하는 것이다. 앞서 말한 고리를 끊는 것이다. 이것이 진정한 긍정을 의미한다고 봐도 무방하다.

부정적인 생각과 감정을 처리하기 위해서 첫 번째, 우리는 먼저 부정을 '인지'해야 한다. 꼬리에 꼬리를 무는 생각, 즉 부정적인 생각은 연속성이 강하다. 특히 혼자 있거나 고요하고 어두움이 드리울 때가 부정적인 생각을 하기 가장 쉽다. 바로 이때 자의적으로 생각을 잠시 멈추는 것이 중요하다. 연속성을 중단시키는 것이다.

두 번째는 명상(사색)이다. 부정적인 생각에 뜬눈으로 밤을 뒤척이는 것과 눈을 감고 몸을 진정시킨 뒤 차분히 생각하는 게 비슷하면서도 다른 것처럼, 같은 생각이라도 주체적으로 사고하는 것이 필요하다. 눈을 감고 무엇이 나를 괴롭히는지, 나를 불편하게 하는 것이 무엇인지 떠올려본 뒤 그것을 머릿속에서 스스로 떨쳐버리는 작업을 해야 한다. 만약, 그마저 끝없는 고민으로 이어진다면 내 속에 부정적인 생각이 강하게 자리 잡았다는 것을 인지하고 잠시 모든 생각을 10분 정도 미뤄두는 것을 추천한다.

세 번째는 부정을 쏟아내는 글쓰기이다. '임금님 귀는 당나귀 귀'라는 이야기를 알고 있을 것이다. 이 이야기를 통해 알 수 있는 것은, 인간은 하고 싶은 말이 있다면 죽음을 각오하고서라도 어딘가에는 털어놓아야 하는 습성이 있다는 것이다. 우리가 부정적인 생각이나 감정에 사로잡힐 때 혼자서 끙끙 앓는 이유는 그것이 나의 약점이거나, 누군가가 알아선 안 되는 비밀이거나, 들어줄 사람이 없거나, 나 빼곤 공감을 할 수 없는 이야기거나 등의 다양한 원인이 있기 때문이다. 사방이 꽉 막힌 느낌이 들 때 가장 좋은 출구는 바로 글로 써 내려가며 내 생각을 정리하는 것이다. 머릿속에만 떠돌던 생각이 눈으로 시각화가 되는 순간, 생각보다 사소한 일에 필요 이상으로 에너지를 썼다는 것을 깨달을 수 있다. 그게 아니더라도 내가 하는 생각 패턴이나 문제의 해결방안을 객관적으로 사고하여 찾아낼 수 있는 게 바로 글쓰기다.

네 번째는 감사 습관을 들이는 것이다. 이는 마음에 하는 디톡스와 같은 작업이다. 무심코 드는 생각은 대체로 부정적이기 쉽다. 하지만 감사 습관은 그 '무심코'의 순간을 조금씩 변화하도록 이끄는 작업이다. 일상의 작은 것들을 긍정적이고 새로운 시선으로 바라보는 것은 당신의 창의성을 도울 뿐 아니라, 삶의 동력이 훨씬 원활하게 돌아가는 것을 경험하게 된다. 부정적인 생각과 감정은 꼭 부산물을 남긴다. 이를 깨끗하게 청소하고 긍정 에너지원으로 채우는 것이 바로 감사 습관이다. 감사한 것을 차분히 떠올리다 보면 우리는 자연스럽게 부정적인 감정을 잊을 수 있게 된다.

5) 긍정이 넘치는 인생을 사는 3가지 방법

부정적인 생각과 감정을 스스로 처리하는 방법을 알았다면 이제 그것을 넘어 긍정적으로 사는 방법이 실체화되기를 바란다. 긍정적인 삶은 부정적인 생각과 감정의 빈도와 정도를 현저하게 줄여준다. 긍정적인 삶을 사는 것에 대한 방법은 모두가 의견이 다르겠지만 차근차근 쌓아 올릴 긍정적인 태도에 도움이 될만한 이야기해 보려 한다.

긍정적인 삶을 살기 위해 가장 먼저 해야 하는 일은 나에게 안 좋은 영향을 끼칠만한 요소를 최대한 피하거나 제거하는 일이다. 긍정적인 태도를 불러오고 그것을 유지하는 일은 방해꾼이 얼마나 깨끗하게 제거되어 있는지에 달려있다고 해도 과언이 아니다. 나에게 부정적인 영향을 주는 사람은 누구인가? 이 질문에 답을 할 때 꼭 기억하자. 가깝다고, 오래 알았다고 부정적인 인간관계를 봐주지 말아야 한다. 또한, 스스로 끊어내지 못하는 부정적인 요소가 있음에도 잘라내지 못한다면 그 부분에 대해 반드시 책임을 져야 한다. 부정적인 요소를 발견했다고 해서 즉시 잘라내야 하는 건 아니다. 모든 일은 수행하기에 적합한 '때'가 있다. 지금이 아니어도 좋다. 하지만 인지는 하고 있어야 한다.

두 번째로 기억해야 하는 요소는 인간관계에서 순간적으로 드는 부정적 감정과 생각을 경계해야 한다는 점이다. 당신이 원하든 원하지 않든 어쩔 수 없이 생겨난 관계와 상황은 서로에게 큰 영향을 끼치게 된다. 불안한 관계가 있다면, 홀로 있는 방 안에서 가만히 사색에 잠겨보자. 그리고 스스로에게 이런 질문을 던져보자.

- **지금 나의 마음은 어떠한가?**
- **내게 일어났던 일이나 타인의 말을 부정하고 싶은 욕구가 있는가?**
- **내게 가장 큰 영향을 주는 사람은 누구인가?**
- **현재 나의 인생을 결정한 사람은 나인가 타인인가?**
- **나는 하루에 몇 번 감정적으로 타격을 받으며 살고 있는가?**

어항 바닥에 쌓인 고운 모래가루처럼 마음에 담긴 부정적인 생각과 감정의 대부분은 물고기를 잠시 빼두고(=외부 상황으로부터의 격리) 손으로 한번 휘저어보면 여실히 드러난다. 미세먼지는 눈에 보이지 않지만 알게 모르게 우리의 폐 속에 쌓여 병을 만든다. 부정적인 사람들과의 관계가 특히 그렇다. 어느새 부정적이고 비관적인 언어와 사고를 머릿속으로 주입 시켜 긍정적인 삶을 방해하며 부정이라는 질병을 옮긴다. 서로 영향을 주고받는다는 사실을 기억하고 마음에 경계병을 세우지 않으면 미세먼지에 무방비로 노출된 호흡기처럼 우리의 마음은 서서히 죽어갈 것이다.

마지막으로 당신이 긍정적인 삶을 살고 싶다면, 긍정적인 마음가짐으로 살아가는 사람들과 어울리자. 너무도 유명한 말이 되어버린 명언이 있다.

“나라는 사람은 내가 가장 가까운 5명의 평균이다.”

매일 하루 누구와 어울리고 어떤 대화를 나누며 그것이 나에게 어떤 영향을 끼치고 어떤 마음을 가지도록 하는지 살펴보자. 현재 나의 상황이 그리 좋지 않다고 해도 괜찮다. 모든 변화의 시작은 현재 내 모습을 정확하게 진단하는 일에서 시작한다. 그리고 1명씩 함께 꿈을 꿀 수 있는 긍정적인 사람을 곁에 두는 것이다. 필요하다면 내가 먼저 나의 친구가 되어주자. 그리고 칭찬해주자. 앞서 언급한 유튜브 사례를 기억하는가? 모르는 행인에게 칭찬을 받은 이는 짧게 웃었지만, 그 웃음은 그의 하루 전체를 힘차게 만들었을 것이다. 이렇게 쉽고 좋은 것을 왜 자기 자신에게는 하지 않는가? 물론, 낯 뜨거운 일처럼 느껴질 수도 있지만, 긍정적인 삶의 시작은 나 자신을 진심으로 사랑하는 것에서 출발한다는 것을 기억해야 한다.

누군가를 사랑하는 것에 오랜 시간이 걸리는 것처럼 나 자신을 사랑하는 것 또한 자신을 사랑하지 않던 사람에게는 시간이 걸리는 일이다. 그러니 작은 도전부터 시작해보자. 스스로를 칭찬할 만한 일을 만드는 것은 어떤가? 지하철이나 버스에서 노인에게 자리를 양보하고 가벼운 감사 인사를 받는 내 모습을 상상해보라. 누군가에게 오래 기억될 모습은 아니지만, 스스로 잘했다는 칭찬을 건네는 순간, 그날 하루는 어쩐지 행운을 얻을 것만 같은 기운에 발걸음이 가벼워질 것이다.

우리는 완벽하지 않다. 다른 사람도 완벽하지 않다. 나와 남의 실수를 용납해야 한다. 당신에게 찾아오는 부정적인 생각은 남에 관한 생각도 있을 것이고 나의 실수로 인한 자책 또한 상당 부분 있을 것이다. 그 실수로 인해 창피함을 느끼고 밤잠을 설친 날들이 있지 않은가. '그럴 줄 알았으면 하지 말걸', '내가 왜 그랬지?'와 같은 생각이 꼬리를 물어도 해결되는 것은 아무것도 없다. 모든 예상을 미리 알았다면 당신은 신이나 다름없다.

이미 돌이킬 수 없는 일은, 잊어버리거나 반면교사로 삼아서 같은 실수를 되풀이하지 않겠다는 생각 정도만 한 뒤 더는 자기 자신을 정죄하지 않는 것이 좋다. 설사 그 실수가 남과 나에게 피해를 줬다고 하여도 죄책감에 쌓여 자신을 망가뜨릴 정도로 자책에 빠지면 안 된다. 적당한 반성은 필요하지만, 필요 이상의 자책은 나와 피해를 본 사람에게도 안 좋은 결과를 불러일으키기 때문이다. 어떻게든 갚아야 하는 마음의 빚이 있다면 긍정적인 태도로 나의 삶을 바꾸고 일으켜야 그 빚을 갚을 수 있지 않을까? 나 자신에게 너그러워져야 자신의 실수에도 긍정적으로 행동할 수 있다. 자신에게 너그럽지 못한 사람은 남의 실수에도 너그럽게 대응할 수 없다. 나에게도 못하는 것을 남에게 주는 것은 불가능하거나 거짓이기 때문이다.

PART 6 비 교

❻ 끊임없이 비교하면 끊임없이 우울하다

1) 억지로 비교하지 않으려는 마음이 나를 더 힘들게 한다

비교하는 건 지극히 자연스러운 일이다. 타인과 비교하지 않으려고 해도 참기 힘들며 오히려 억지로 하지 않으려고 하는 것이 더 부자연스럽다. 인간은 사회적 동물이기 때문이다. 혼자만의 세계에 갇혀 사는 것이 아니라 사회라는 인간 집합체에서 끊임없이 유기적으로 관계를 맺으면서 살아가기에 비교하는 마음은 일종의 본능과도 같다. 이를 인정하는 것은 비교에서 비롯된 고통을 해방시키는 좋은 출발점이다. '비교하지 말아야지, 비교하지 말아야지'라고 억지로 되뇐다면 당신은 더 피로해지고 도피적으로 변해갈 가능성이 높다. 도망치지 말고 인정해야 한다. 그래야 출발선에 설 수 있으며 제대로 된 해결책을 찾을 수 있다.

우리는 왜 비교하는 것일까? 사회학자들은 인간이 살아가는 것의 가장 큰 원동력 중 하나로 더 낫길 바라는 '욕망'에 있다고 한다. 대다수 사람은

'욕망'이란 단어를 들으면 부정적으로 생각하기 쉽지만, 사실 욕망은 우리가 죽기 직전까지 꿈꾸고 움직이게 만드는 가장 중요한 원동력 중 하나다. 그렇기에 우리는 자연스럽게 타인과의 비교를 통해 지금의 나보다 더 나아지고 싶다는 욕망을 가지게 된다. 만약 당신 안에 욕망이 없다고 말한다면, 솔직하지 못하거나 제대로 된 사회생활을 하고 있지 않을 가능성이 크다. 물론, 모두가 그런 것은 아니지만 사회의 구조, 특히 자본주의 사회는 상대적 비교를 전제로 설정되어있으므로 당신의 비교를 부정적으로만 볼 필요는 없다.

2) 비교는 인정하고 활용하는 것

비교가 자연스러운 일이라면, 우리는 비교를 어떻게 이용해야 할까? 인터넷으로 쇼핑을 해본 적이 있을 것이다. 처음 사려던 물건을 여러 제품과 가격, 성능에 따라 비교한다. 유행과 디자인, 할인율까지 따져본다. 그러다 사려던 물건은 온데간데없고 전혀 다른 제품을 사버린 경험이 있을 것이다. 문제는 그다음이다. 구매한 물건이 처음 계획보다 마음에 들거나, 원래 사려던 것을 살 걸 하고 후회하는 두 갈래의 결과가 생겨난다. 그 이유는 간단하다. 생산성이 있는 비교는 더 나은 가치를 추구하고 더 나은 결과를 초래한다. 반면 습관화된 나쁜 비교는 목적 없이 긴 시간을 할애하고 빈도수 또한 점점 잦아진다. 단점과 모자란 부분이 계속해서 떠오르고 결핍된 부분을 탓하며 나중엔 모든 것이 시간 낭비 같아 기분만 상하게 된다. 이런 비교에 결과가 좋을 리는 만무하다.

우리는 자신을 다 알지 못하고 타인 또한 100% 파악하지 못한다. 이러한 상황에서 습관적으로 비교하는 것은 아무런 의미가 없는 행동이며 그 끝엔 내가 직접 찾아낸 나의 단점밖에 남지 않을 것이다.

무엇이든지 과한 것은 좋지 않다. 적당한 음주는 우리 몸에 나쁘지 않지만, 매일 반복되는 음주는 적은 양이라도 알코올 중독을 부르는 것처럼 비교도 마찬가지다. 적절한 비교는 성장을 위한 발판이자 발전을 위한 강력한 동기부여가 된다. 그러나 비교를 통해 더 낮아진 나를 발견하고 열등감을 느끼는 것은 결코 정신 건강에 좋지 않다. 비교는 이렇게 양날의 검을 가졌다. 이 양날의 검을 어떻게 활용하는지에 따라 장점으로 사용될 수 있고 단점으로 사용될 수 있는 것이다. 남보다 가지지 못한 것에 집중하는 것이 아니라 내가 이루고 싶은 욕구에 더욱 집중하자.

3) 나쁜 비교가 만드는 5가지 증상

① 나 스스로를 충분하지 못하다고 느낀다

남과 자신을 비교하는 당신은 자기 자신을 스스로 충분하지 못하다고 느낄 것이다. 비교 대상이 객관적으로 자기보다 못한 사람일 때 비로소 당신은 만족이 되었는가? 그 '객관적'이라는 기준도 스스로 만들어낸 기준이니 그것은 분명 자기 위안적인 평가였을 것이다. 그러다 곧 잘난 사람을 만나면 금세 기분이 땅 밑으로 곤두박질치는 악순환이 나쁜 비교의 사이클이다. 인간은 완벽한 존재인가? 당신은 완벽해야만 하나? 완벽해야 아름다운 것인가? 인간은 완벽하지 않기에 아름답고, 모든 것은 무한하지 않기에 소중하다. 갓난아기를 생각해 보라. 당신보다 키도 작고 말도 못 하고 걷지도 못하지만 그 갓난아기가 방긋 웃는 것을 보면 우리 모두가 미소를 짓는다. 결핍은 결코 단점이 아니다. 결핍을 단점으로 바라보는 시선을 전환하라.

② 자신을 사랑하지 못하게 된다

남과의 비교가 습관이 된 당신은 나 자신을 사랑하지 못할 것이다. 각자 잘난 사람의 기준은 다르다. 외모가 그 척도가 될 수도 있고, 성격이 될 수도 있고, 재산이 될 수도 있고, 또 다른 능력이 될 수도 있다. 나쁜 비교는 당신을 끊임없이 채찍질하는 것과 같다. 당신이 세운 '잘난 사람의 기준'에 도달하지 못하면 사랑받을 자격이 없는 것처럼 생각하게 되는 것이다. 그런 삶에서 우리는 그 어떤 것에 만족을 느낄 수 없다. 당신의 척도에 맞는 최정상의 인물은 자신과 비교하여 우위에 있다고 느끼는 사람이 없다고 단언할 수 있는가? 모든 것이 만족스러울 가장 쉬운 방법은 자기 자신에게 만족하며 자신을 사랑하기 시작하는 것이다.

③ 자신의 가치와 가능성을 깨닫지 못한다

반복되는 비교 끝에는 자신이 알고 있던 가치와 기존에 가지고 있던 가능성을 잊어버리게 될 것이다. 당신에게는 당신만이 고유하게 가지고 있는 특별한 장점과 가능성이 있다. 그러나 당신보다 먼저 꽃을 피운 이들과 더 많이 가지고 태어난 이와 비교하며 고유의 가치를 스스로 낮추게 되면 기회가 다가와도 잡지 못하는 신세가 된다. 설사, 당신이 비교하는 이가 나보다 더 우월하더라도 당신이 그의 삶과 똑같이 사는 것이 정녕 빛나는 일인가?

④ 감정적으로 우울해진다

비교 후 자기만족과 자신 고유의 가치를 잃고 단점들만 남은 당신은 우울감에 빠질 것이다. 남과 나를 비교하는 부분들은 대부분 결국 각자가 선택할 수 없는 타고난 운명을 비교하는 것이다. 바뀔 수 없는 것을 탐하거나 부러워하며 무기력감에 빠지고 때로는 자신의 지난 선택을 후회하고 자책하게 될 것이다. 그러나 결국 불행한 사람은 당신 자신뿐이다. 비교의 대상이 되었던 타인은 당신 때문에 불행하지 않을 것이다. 무기력감과 후회를 털어내고 당신이 선택할 수 있는 최선의 미래를 택해 운명을 직접 바꾸거나 애초에 타고난 운명은 없었다고 직접 증명하고 말하라.

⑤ 타인에 의해 나의 행복이 좌우된다

나쁜 비교가 낳는 증상 중 가장 좋지 않은 것은 나의 행복이 타인에 의해 좌우된다는 것이다. 인간으로 태어난 이상 어쩔 수 없이 비교하게 된다면, 비교 대상을 특정 인물이 아닌 오로지 스스로 정한 '나의 기준' 안에서 이루어져야 한다. 인생은 결코 모르는 것이다. 당신보다 못하다고 생각한 사람이 당신보다 나아졌다고 생각될 때 그전에 당신이 가졌던 만족감은 배가 되어 비수로 돌아올 것이다. 반대로 잘난 사람이 당신보다 못나진 상황에서 당신은 마냥 웃을 수 있는가? 당신의 인생은 오로지 당신의 것이고, 당신이 행복할 때 제일 행복한 사람 또한 당신이다. 누구도 당신의 인생을 대신 살아줄 수 없고, 당신도 누군가의 인생을 살 수 없다. 당신은 당신일 때 가장 빛난다.

4) 비교를 극복하는 솔루션

비교하는 마음은 어디를 바라보느냐에서 온다. 20대 때의 나는 밑도 끝도 없이 인정받는 삶을 살고 싶었다. 그리고 다시는 가난하게 살고 싶지 않다는 생각이 강렬했다. 그런 순간들이 인생에 존재했기 때문일까? 그 이후로 잘되는 타인을 보면서 항상 배가 아팠다. 그러나 아래 5가지를 깨닫고 비교하는 마음을 잠시나마 내려놓을 수 있었다.

- **나보다 나이가 많은 사람과는 비교하지 않는다. 충분한 시간을 가지고 오랜 시간 일궈낸 성과와 현재의 나의 성과를 비교하는 건 공평하지 않다.**
- **설령 동년배라 하더라도 비교하지 않는다. 대부분 나보다 일찍 성공의 길을**

걷기 시작한 경우가 많았다. 그들만큼의 연차가 쌓인다면 나도 비슷한 위치, 그 이상을 달성할 가능성이 높다.

- 빠르게 성장하는 사람과도 비교하지 않는다. 이카루스의 날개가 녹아 추락하는 것처럼 빠르게 성장하는 사람들은 100% 문제가 생긴다. 하루아침에 이루어지는 부자란 신기루에 불과하며 그런 인식은 사회 전반적으로 팽배해져 있다. 무조건 거르고 본다.
- 이 모든 조건을 피해간다고 하더라도 비교하지 않는다. 똑같은 환경, 똑같은 아픔, 똑같은 과정을 걸어온 것이 아니고 재능과 기질이 다르기에 배움을 습득하고 어려움을 극복하는 시간과 방식은 다르다. 지금 힘들어도 나중에 쉬울 수 있으며 지금 쉬워도 나중에 어려울 수 있다.
- 따라서 나는 나의 길을 가면 된다.

박막례 할머니의 말을 항상 기억한다.

"니 장단에 맞춰 춤추면 니 박자에 맞추고자픈 사람들이 너한테 막 와. 남의 박자에 맞추지 말어. 남의 박자는 X같은 거여"

나만의 흥, 나만의 박자, 나만의 방식, 나만의 색, 나만의 인생이 그 무엇보다 소중하다.

PART 7 유 혹

❼ 유혹을 이길 수 있다는 착각을 멈춰라

1) 스스로를 너무 믿는 사람들

세상에서 피해야 하는 사람 중 한 부류가 바로 의지로만 가득 차 있는 사람이다. 이런 사람들은 행동보다 말이 앞서고 계획보다 작심삼일하며 책상이 아닌 곳에서 자신의 포부를 말한다. 물론 자신감이 나쁘다는 것은 아니다. 여기서 지적하는 건 허영으로 가득 찬 자신감이다. 이런 사람의 전형적인 특징은 이렇다.

- **바로 스스로 행동해서 결과를 경험한 적이 거의 없다.**
- **다른 사람들의 포부를 가져다가 이야기하기도 한다.**
- **탁상공론하며 은근슬쩍 습관적으로 과장하는 습관이 있다.**
- **본인이 이루지 못한 타인의 성과를 의미 없는 것으로 치부한다.**
- **의지를 불태우지만, 변화가 없고 매일 똑같다.**

보통 이런 사람들은 자신감을 건드리면 욱하며 화를 내는 성향이 강하다. 이들의 분노의 원천은 굳게 다져진 자신감을 건드는 것에서 오는 것이 아닌 근거 없이 입으로만 떠드는 것을 지적하거나 말과 다른 행동이 노출되었을 때 자주 발생한다. 그리고 행여 행동한다 한들 작은 장애물이 두려워 피하기만 하고, 의지와 노력으로 넘어야 할 역경을 넘지 못한 것을 '실패'라는 거창한 이름으로 포장하길 좋아한다. 부디 자신감의 근원이 어디에서 나오는지 잘 생각해 보라. 진짜 자신감은 반드시 역경과 실패를 지나가기 위해 노력한 만큼 나오게 되어있다. 이 사실을 결코 잊어선 안 된다.

"무조건 해낼 것이라고 말하는 것이 아니라 해내고 싶다고 말하고, 최선을 다하고 싶다고 말하는 것일 뿐이다." 〈일론 머스크〉

2) 유혹을 피하는 건 지혜로운 행동이다

인간은 육체와 정신이 하나로 연결되길 바라는 욕망이 있다. 그래서 내 생각과 행동이 일치하지 않는 순간 큰 고통에 시달리게 된다. 그리고 이것이 반복되면 자신의 존재에 대한 회의감마저 들게 된다. 이 또한 인간의 가장 근본적인 모습이다.

오늘 해야 하는 할당량을 끝내는 것보다 유튜브를 보는 것이 더 즐겁고, 시험 기간만 되면 공부하는 것 빼고 모든 것이 다 재밌게 변하는 것도 이와 유사하다. 그리고 쉴 새 없이 울리는 카톡과 티브이 속에는 왜 이리도 재미난 것이 많고, 우리 집 침대는 왜 해야 할 일이 있을 때만 이리도 푹신하게 느껴지는 건지. 이렇게 수많은 요소에 공격받으며 우리는 종종 의지를 상실해 버린다. 그리고 앞서 말했던 내 의지와 행동이 일치하지 않았다는 사실에 고통받는다. 이 고통이 쌓이면 병이 되고, 자신을 이것밖에 안 되는 사람이라 인정하게 된다. 쉽게 말해 내 의지와 육체가 하나로 연결되길 바라는 욕망 속에서 의지를 죽이고 육체와 동일하게 만들어 버리는 것이다.

의지와 의욕의 상실은 당신의 성장을 멈추게 만드는 가장 근본적인 요인이다. 그래서 우리가 유의해야 할 점은 정신과 육체가 충돌되지 않게 만들면서 성장을 위한 의지와 의욕을 끝까지 유지해야만 한다는 점이다. 성장이 멈추면 더는 미래는 없을지도 모른다. 하지만 우리는 수많은 유혹에 빠져 산다. 세상의 발전은 더 살기 좋은 세상을 만들어줬지만 그만큼 당신을 유혹할 거리도 더 많이 만들어줬다. 그 유혹에 쉽사리 넘어가는 순간 매일 아침은 고통 속에서 맞이할 것이며, 당신은 무의미한 하루하루를 보내게 될 것이다. 그렇다면 어떻게 해야 할까? 어떻게 해야 우리는 좀 더 괜찮은 성장을 이룰 수 있을까?

3) 유혹에 빠지지 않는 4가지 방법

① 이길 수 있는 유혹인지 아닌지를 점검하라

유혹은 대체로 예상치 못한 곳에서 나타난다. 당신이 아무리 노력해도 이기기 어려운 유혹은 끊임없이 찾아올 것이다. 여기서 예상 가능한 유혹마저 방치한다면 어떻게 될까? 미래를 내다보는 점쟁이와 같이 단언할 수 있다. 당연하게도 당신의 하루는 그 유혹으로 인해 무너지고 말 것이다. 유혹에도 성격이 있다. 대비할 수 없는 것까지 생각하지 말되, 대비할 수 있는 것은 철저하게 점검하는 것이 무엇보다 중요하다.

유혹의 성격을 분류하기 위해서는, 우선 당신의 하루를 천천히 돌아보고 관찰할 필요가 있다. 당신은 주로 어디서 공부하고 어디서 일을 하는가? 그리고 그곳엔 누가 있고 주변에는 무엇이 있는가? 일상 루틴에 당신을 유혹하는 장치들이 있는지 파악하는 게 우선이다. 그리고 하나하나 직접 적고 시각화를 해야 한다. 내가 언제 어떻게, 어떤 이유로 유혹에 빠졌었는지 리마인드를 해보는 것은 점검과 동시에 방지를 위한 좋은 방법이다.

절대 당신을 과대평가하지 마라. 판단 기준은 엄격해야 한다. 유혹의 성격을 분류하는 것만큼 냉정하게 굴어야 하는 것도 없다. 내가 이길 수 있는 유혹인지 이길 수 없는 유혹인지를 판단하는 것은 오직 O와 X만 존재할 뿐이다. 그만큼 단순하게 1차원적으로 판단할 필요가 있다. 생각해 보자. 우리는 가끔 공부나 일을 할 때 중간중간 스마트폰으로 게임이나 SNS를 구경하곤 한다. 그러다 본인도 모르게 1~2시간을 푹 빠져버린 경험이 종종 있을 것이다. 하지만 게임과 SNS를 보지 않고 해야 할 일에만 집중한 적도 있을 것이다. 그렇다면 이것은 이겨낼 수 있는 유혹일까 이겨낼 수 없는 유혹일까? 집중한 경험이 있기에 O라고 표시한다면 당신은 자신을 과대평가하고 있는 것이다. 10번 실패하고 1번 성공했으면 그건 유혹을 이겨낸 것이 아니라 그날따라 유혹이 당신을 괴롭히지 않았던 것이다. 조금 더 극단적으로 말하자면 최악의 경우까지 생각해서 결정하는 것이 가장 옳다.

② 유혹에 있는 공간에서 벗어나라

공간만큼 유혹에 취약한 곳은 없다. 당신을 믿지 말고 공간을 믿어라. 사람들이 독서실을 가고, 도서관을 가고, 스터디카페를 찾아다니는 건 다 이유가 있다. 어떻게든 공부할 수 있는 환경을 만들어야 1%라도 도움이 된다. 1%를 무시하지 않기를 바란다. 스스로를 과신하지 않기를 바란다. 필히 당신을 알아야 한다. 유혹이 있는 곳에 머무르는 것은 그냥 유혹에 넘어가겠다는 선언과 다름없다. 굳이 유혹이 있는 곳으로 들어가서 무언가를 진행할 생각이라면, 진작에 그 일을 할 수 없을 거로 생각하고 포기하는 편이 낫다.

우리에게 가장 큰 유혹은 집이다. 그리고 집 안에서도 당신을 가장 크게 유혹하는 것은 침대만 한 것이 없다. 침대에 눕는다는 건 자겠다는 의미지 쉬겠다는 의미로 생각하지 마라. 침대가 옆에 있다는 건 당신은 언제든 누울 수 있다는 의미일 뿐이다. 굳이 눕고 싶은 유혹을 떨쳐내는 것에 당신의 노력을 쏟아야 하는 이유가 있을까? 굳이 실패의 리스크를 감수해야 할 이유는 없다. 당신을 편안하게 하는 장소와 집중하게 하는 장소를 명확하게 분류하기를 바란다.

③ 유혹보다 재미있는 성장적 취미를 만들어라

어떤 일을 해야만 하는데 집중력과 열정이 생기지 않아 자꾸만 다른 유혹에 빠지는가? 그렇다면 당신은 그 일을 해냄으로써 얻을 수 있는 재미를 탐구하고 찾아보기를 바란다. 대다수 사람은 이를 위해 일상에서 '취미'를 찾는다. 취미를 고르는 것에 어려움을 느끼는 사람들이 많다. 뭔가 거창하거나 일상에 도움이 되는 것을 취미로 삼아야 한다는 압박감을 느낀다. 심지어는 유용한 취미를 골라 달라는 사람들이 생길 정도로 취미의 의미가 꽤 무거워졌다. 하지만 꼭 필요성을 연결하는 데 집중하는 것이 아닌 상징적인 의미를 두는 것에 취미의 방향을 설정해야 한다.

대학교 시절. 지각을 밥 먹듯이 하는 조원이 있었다. 10분, 20분은 기본이고 많으면 1시간까지 지각하기도 했다. 집에서 학교까지의 거리가 1시간이 채 되지 않는데도 말이다. 당시 모든 조원은 몹시 화가 나 있었다. 지각을 자주 하면서 미안함을 느끼는 조원이 뻔뻔하게 느껴졌고 자신의 시간만큼 상대의 시간을 소중하게 여기지 않는 모습이 예의 없게 느껴지기도 했다. 그렇게 지각이 반복되던 중 조장이었던 형이 그 친구에게 한마디를 건넸다. 당연하게도 우린 지각을 자주 하는 것에 대해 화를 낼 줄 알았지만, 조장 형이 했던 말은 꽤 놀라운 말이었다.

"네가 아직 우리 회의에서 재미를 찾지 못했나 봐. 이게 재밌었으면 지각을 하지 않았겠지. 너는 회의에서 좋은 발의를 하는 것보다 우선 학교에서 네가 재밌을 취미생활을 먼저 찾아보자."

④ 유혹의 빠진 날을 달력에 표시해봐라

인지한다는 점은 여러모로 중요하다. 그리고 그걸 기억 속에서만 간직하지 말고 눈이 보이게 체크하는 것은 당신이 유혹에서 벗어날 수 있는 좋은 시작점이 된다. 이는 메모하는 습관과도 매우 유사하다. 번뜩 떠오른 아이디어나 좋은 문구를 보고 메모장에 적지 않았을 때 이후에 잊어버리고 후회했던 적이 있지 않은가? 이러한 태도의 가장 근본적 원인은 스스로를 너무 믿는, 자만이라 할 수 있다. 그래서 우리는 끊임없이 눈에 보일 수 있게 기록해 둘 필요가 있다.

유혹에 빠진 날을 체크하는 것도 이와 유사하다. 당신이 만약 당신이 유혹에 빠져 일을 망쳤던 날을 체크해 두지 않는다면 언제 그랬다는 듯 다시 또 다시 유혹에 빠질 것이다. 부디 사람이라면 노력을 하길 바란다. 사람은 쉽게 변하지 않는다. 그리고 자신을 믿어서는 안 된다. 스스로가 애당초 유혹이라는 지점을 잘 까먹는 사람이라면 조금 엄격하게 체크하는 것이 맞다.

여기서 중요한 점은 단순히 유혹에 빠졌다고 체크를 하는 것에 그치지 않고 무엇을 어떻게 어쩌다 빠졌는지 적어보는 것이다. 이는 실수를 반복하지 않기 위한 행위도 있지만, 이 자체만으로도 최소한의 반성 효과를 볼 수 있다. 그러니 적어라. 적고 직접 보고 느껴야만 똑같은 굴레를 반복하지 않는다.

4) 자신을 객관적으로 볼 줄 아는 사람이 결국 승리한다

"나를 알고 적을 알면 지피지기 백전백승이다."라는 말이 있다. 우리가 성공을 위해 필요한 것도 이와 같다. 유일하게 다른 점이라면 여기서의 적 또한 바로 '나' 자신이라는 점이다. 우리를 실패하게 만드는 가장 큰 요소는 친구도, 가족도, 당신에게 주어진 환경이 아니라 바로 나 자신임을 명확하게 알고 있어야 한다. 이과 연관되어 위의 글에서 가장 많이 강조되었던 부분은 무엇일까? 바로 '인지'와 '인정'이다. 우리는 자기 자신을 알고 스스로의 부족함과 장점을 인지하고 인정하는 태도를 보여야 한다. 그래야 무엇을 해야 할지에 대한 답을 알 수 있기 때문이다.

PART 8
실 천

❽ 그만 생각해라. 즉시 행동해라

1) 벽에 가로막힐 때 사람들이 취하는 3가지 태도

① 벽을 바라보며 생각한다

첫 번째 유형은 벽을 바라보며 생각만 하는 사람들이다. 생각만 한다는 말은 자칫 의지가 없고 할 수 있는 능력이 없는 사람으로 보일 수 있지만, 사실은 그렇지 않다. 이들은 그 누구보다도 스스로 원하는 것에 집중하고 그 누구보다도 잘살고 싶은 마음을 가진 사람들이다. 다만, 실천에 길이 들지 않는 것 뿐이다.

등산을 하다 보면 오솔길을 쉽게 발견할 수 있다. 오솔길은 아마 처음부터 길이 아니었을 것이다. 애당초 산에 오르는 등산로 또한 길이 나 있던 것이 아니다. 사람들이 많이 다니면서 길이 된 것이다. 이렇듯 실천과 행동력은 하면 할수록 길이 든다. 우리의 실천이 반복될수록 점점 더 쉽게 할 수 있고, 빨리 할 수 있고, 많이 할 수 있게 된다. 따라서 아직 생각만 하는 사람들 안에는 열정과 마음이 없는 것이 아니라 실천에 길이 들지 않은 것이라 할 수 있다.

오히려 무서운 사실은 이것이다. 인생의 벽을 만났을 때 가까이 가본 적이 있는가? 생각보다 아주 많은 사람이 인생의 벽 앞에서 웅성거리고 있는 것을 발견할 수 있을 것이다. 그들은 서로 네다섯 명씩 삼삼오오 마주 앉아 그 벽이 어떻고, 그 벽을 마주한 사람들이 왜 좌절하고 있고, 그 벽이 왜 넘게 힘든지에 대해서 탁상공론을 펼치곤 한다. 이쯤 되면 당신도 느낄 것이다. 그런 탁상공론식의 사고는 아무런 도움이 되지 못한다는 것을. 그러므로 그런 사람들과 함께 자리하는 것 또한 아무런 도움이 되지 않는다. 주변을 돌아보자. 얼마나 많은 사람이 자리에 앉아 이야기만 하고 있는가. 벽을 바라보며 오랫동안 해도 좋은 생각과 반대로 불필요한 생각이 있다는 것을 구분하는 지혜가 필요하다.

나는 현재 첫돌이 채 되지 않은 남자아이를 키우고 있다. 육아는 나에게 새로운 세계일 수밖에 없는데, 특히 참신한 육아용품을 볼 때면 감탄을 금치 못하며 아내와 대화를 나누곤 한다. 놀라운 사실은, 대부분 제품이 실제 아이를 키운 엄마들이 만들었다는 것이다. 육아의 수고를 덜고 편리함을 제공하는 섬세하고 육아 친화적인 특징이 돋보인다. 이런 이야기를 하다 보면 항상 귀결되는 결론이 있다. 실행하는 사람들이 뭔가를 얻어내고, 실행하는 사람들이 무언가를 성취한다는 것이다.

실행해본 적이 없기에 두렵다는 것을 이해한다. 실천해야 한다는 말 또한 이미 너무 많이 들었을 것이다. 신중한 당신의 장점을 존중한다. 이제 당신의 그동안 갈고 닦은 생각을 세상에 내어놓아 빛을 보게 하면 좋겠다. 아직 한 번도 발을 떼 본 적이 없다면, 실천한다는 생각보다는 이번에 내가 움직일 차례라고 생각하는 방법을 추천한다. 줄을 서 있다고 생각을 하는 것이다. 당신 앞에 서 있던 사람들은 차례대로 실천했고, 이번이 나의 차례가 됐다고 생각하자. 당신이 움직이지 않으면 뒤에 선 사람들이 기다려야만 할 것이다. 그대로 줄에서 이탈한다면 다시 긴 줄의 맨 뒤로 옮겨가 기다려야 한다. 이렇게 생각하는 것은 실행에 도움이 될 뿐만 아니라, 실제 현실과 굉장히 비슷한 면이 있다. 움직이기로 기약된 날짜라는 것은 없다. 똑같은 고민을 다음번에도 다시 하게 될 것이기 때문이다. 그러니 지금 당장 움직여야 한다. 경험을 보태 말하자면, 생각했던 것보다 훨씬 가뿐하게 해낼 수 있는 것이 많다는 것이다. 바로 이런 경험이 일상 곳곳에 쌓여야 한다.

② 효과적으로 벽을 허물 방법을 고민한다

만약 당신의 성향이 계획적이거나 전략적으로 사고하는 것을 즐기는 사람이라면, 어떤 일을 해야 하는지 쉽게 계획을 짜고 전략을 구상해 낼 수 있을 것이다. 이런 성향은 성공을 향해 달려가는 여정에 굉장히 유용한 부분이다. 원하는 목표를 설정하고 나면, 앞에 놓인 장애물이 무엇인지를 인지하고, 목적지까지 도달할 수 있는 정확하고 구체적인 계획이 필요하다. 하지만 계획하는 것을 좋아하는 사람들이 흔히 하는 한 가지 착각이 있다. 바로 계획을 하는 자체가 벽을 부수는 행동과 같다고 착각하는 것이다. 엄밀히 따지면 계획을 하는 것도 어떻게 행동할지에 대한 액션 플랜을 짜는 것이기 때문에 행동의 일종이라고 볼 수 있지만 그럼에도 불구하고 직접적으로 문제를 해결하는 활동 안에 계획은 포함되지 않는다. 얼마나 많은 사람이 새해의 다이어리를 사는가? 써놓은 계획을 지키기는커녕, 다이어리를 쓰겠다는 다짐조차 지키지 않은 채 한 달 만에 쓰고 버리지 않는가? 굳이 하나하나 말하지 않아도 우리는 모두 알고 있다. 대다수 사람은 새로운 다이어리를 끝까지 쓰는 것에 실패해 본 경험이 있기 때문이다. 따라서 적절한 계획이 수립되었다고 여겨진다면, 바로 그다음 단계로 넘어가야만 한다. 아무리 놀라운 계획도 실천하지 않으면 효과를 경험할 수 없다.

항상 계획을 수립하는 단계에서 멈춰 있던 사람이라면 지금 하는 말에 주목하길 바란다. 완벽한 계획이란 존재하지 않는다. 이 말에 숨겨진 의미는 총 두 가지가 있다.

첫 번째는 완벽한 계획이란 처음부터, 그리고 앞으로도 존재하지 않는다는 것이다. 아무리 꼼꼼하고 촘촘하게 계획을 세운다고 해도 그것은 변경될 가능성이 높다. 당신에게 생길 변수를 조절할 수 있는 능력이 얼마나 된다고 생각하는가? 계획의 변동 확률은 그 능력과 비례한다. 변경될 수밖에 없는 계획을 완벽하게 만들기 위해 우리의 시간과 에너지를 쏟는다는 것은 너무나 소모적이다.

두 번째 의미는, 계획이라는 것은 결국 수정되면서 완성된다는 것이다. 실천을 바르고 꾸준하게 하는 사람들이 하는 말이 무엇일까? 계획하고 움직이는 것보다 가면서 수정하는 것이 훨씬 낫다는 말이다. 그리고 이러한 면은 이미 성공궤도에 오른 사람들이 굉장히 공감하는 말이기도 하다. 왜냐하면, 현실에서 일어나는 일은 우리가 계획한 것과 너무나 다르고, 항상 당신의 생각을 뛰어넘는 일들이 생겨나기 때문이다. 오히려 임기응변에 많은 능력을 갖춘 사람이 실천도 바르게 하면서 마치 모든 것을 알고 계획을 세운 듯한 효과를 경험할 수 있게 된다.

계획을 짤 때 큰 그림을 먼저 세우자. 그리고 1~2단계에 해당하는 정도만 디테일한 액션플랜과 예상되는 위험 요소를 생각하자. 그 정도면 충분하다. 나머지는 실천해 가면서 채워 나가면 된다.

③ 즉시 벽을 부수기 시작한다

앞서 이야기했던 것처럼 즉시 행동하는 사람은 빠른 결과물을 보고, 느끼고, 경험할 수 있다. 차례대로 글을 읽었다면 아마 세 번째 단계가 우리에게 필요한 요소라는 것을 공감할 것이다. 실천을 빨리한다는 것은, 결국 빠른 행동력을 바탕으로 한 성과가 빠르게 인생에 드러난다는 점이다.

도대체 왜 빠른 실천이 이토록 중요한 것일까? 빠른 실천의 중요성을 이야기하기 전에 한 가지 꼭 알아야 하는 사실이 있다. 바로 우리가 이제까지 살아오며 교육받았던 배경에는 빠른 결과를 요구하는 교육이 그리 많지 않았다는 것이다. 잠시 생각해 보길 바란다. 학교에서 배운 것들을 실생활에서 바로 적용할 수 있었던 적이 얼마나 있는가? 수학을 배우고 바로 적용할 수 있었던 적이 있었는가? 아마 대부분 사람은 중고등학교를 거치면서, '실생활에서 쓰지도 않는데 이런 걸 도대체 왜 배우지?'라고 도리어 자문하는 경우가 훨씬 더 많았을 것이다. 학문에 대해 논하는 것이 아니다. 경험으로 인해 무의식에 학습된 것을 말하고자 하는 것이다. 장기적인 학습 경험이 축적되면서, 우리는 자연스럽게 '원래' 공부는 오래 걸리고, 꾸준히 하는 것이고, 눈에 보이지 않고 즉각적이지 않다고 배우게 되는 것이다.

하지만 성공을 향해 달려가는 여정에서 필요한 관점은 정반대이다. 모든 것이 눈 깜짝할 새 빠르게 변화하고, 빠르게 드러난다는 사실을 꼭 상기하길 바란다. 많은 사람이 매일 꾸준히 독서를 하고 있다. 그러나 그들의 이성이 여전히 같은 수준에 머무르며, 변하지 않거나 눈에 보이는 결과물이 아무것도 없는 이유는 실제적인 적용을 하지 않기 때문이다. 당신이 독서를 하는 이유는 인생을 바꾸기 위함인가, 아니면 독해력과 문장력을 높이기 위함인가? 전자라면 인생의 결과물을 보는 방식으로 배움을 습득해야 한다. 곧 실천하는 인생을 살아야 한다는 이야기이다.

결국, 실천 없이는 아무것도 이룰 수 없다. 실천을 바탕으로 우리의 인생은 빠른 속도로 변화해 나갈 수 있다. 작은 성공을 경험하는 것이 중요하다는 말에 공감한다면, 그 작은 성공을 만들 수 있는 행동을 즉각적으로 하는 것이 전제다. 작은 행동으로 작은 성공을 이루며 눈에 보이는 삶의 변화를 만들어 갈 때, 우리는 비로소 내 인생이 변화하고 있다는 것을 직접 체감할 수 있다. 내가 배우는 지식이 즉각적으로 적용된다면 자기교육에 게으를 수 있겠는가? 내가 지금 하는 행동이 인생을 더 좋은 방향으로 이끌고 있다는 믿음이 있다면 그 행동을 멈출 수 있겠는가? 단단한 자기 신뢰를 바탕으로 한 꾸준한 변화, 그것이 실천의 가장 큰 장점이다.

강한 자가 살아남는 것이 아니라 살아남는 자가 강한 것이라는 말을 들어봤을 것이다. 실제로 포기하지 않고 한 가지를 꾸준히 하다 보면 자연스럽게 그 분야에서 무언가를 성취하는 사람이 될 가능성이 크다. 성취하기 위해, 포기하지 않기 위해서 우리는 성과를 경험해야 한다. 매일 아침에 일어나 잠들기 전까지 아주 작은 성과라도 경험하지 못하고 있다면 성장이 멈춘 것이다. 성장하지 않는다는 것은 정체된 것이 아닌 퇴보하는 것과 같다. 비약이 아니다. 행동하지 않는 것이 눈에 보이지 않는 결과를 가져다주지 않는 거라고 생각하지 말자. 그것은 굉장히 단편적이다. 행동하지 않음으로써 결과를 보지 못하는 것은 지속가능성에 큰 문제를 일으킨다. 우리가 계속해서 도전하고, 마음을 확장하고 비즈니스를 일으키는 데 큰 방해가 된다. 성공 프로세스가 원활하지 못하다는 것이다.

인스타그램 라이브 방송을 통해 사람들과 소통하다 보면 이 말을 많이 하곤 한다.

"작년 이맘때 나의 모습과 현재 나의 모습을 생각해 보십시오. 얼마나 많이 달라졌나요? 그리고 그 달라진 정도가 만족스러운 신가요? 만약 만족스럽지 않다면 당신은 지금 무언가를 해야 합니다. 작년 이맘때 나의 모습, 현재 나의 모습 그리고 1년 후의 나의 모습은 지금 내가 어떻게 행동하느냐에 달려있습니다."

지금이 당신의 때라고 생각하자. 지금이 당신의 차례라고 생각하자. 지금 변화하는 것이 당신에게 가장 빠른 시간이며 오늘 변화하는 것은 미래의 당신이 후회하지 않을 것이라 장담한다.

마지막으로 한마디를 더 남기고 싶다. 가끔 실천 주의자들이 있다. 실천하는 것만이 무조건 중요하고, 지금 당장 하지 않았기 때문에 당신은 아무것도 하지 않는다는 식으로 말하는 사람들이다. 실상은 그렇지 않다. 사람의 성향과 기질에 따라 행동하는 시기와 대화 방식은 모두 다르다. 어떤 사람은 행동하기까지 오래 걸릴 수 있고, 어떤 사람들은 생각보다 빨리 실천할 수도 있다. 중요한 건 이전의 나보다 조금 더 빨리 결정을 내리고, 행동하고, 눈으로 보이는 결과를 경험하며 삶을 주체적으로 이끌어 나가는 것이다. 누군가의 기준에 맞춰 스스로 실천 능력을 판단하는 것만큼 위험한 일은 없다. 실천도 중요하지만, 타인과 비교하지 않는 마음으로 나의 행동을 바라보는 것이 매우 중요하다는 걸 기억하라. 내가 나를 신뢰하며 삶을 내가 원하는 모양으로 계속해서 일궈낼 수 있느냐에 따라 당신의 삶은 우상향할 것이다. 부디 나만의 속도를 사랑하는 사람이 되기를 바란다. 모든 이야기의 전제는 바로 이것이다.

2) 행동할 때는 쓰나미가 덮쳐오듯 하라

① 항상 적당한 수준이 문제다

우리는 스스로의 만족에 참으로 익숙해진 사람들이다.

'이만하면 됐지 뭐.'

'에이, 이 정도면 눈치 못 채 걱정하지 마.'

라는 말로 위안 삼으려 한다. 그리고 완벽하지 않은 결과물을 쥐고 혹시나 들킬까 하는 마음에 가슴을 졸이고 들키면 절망하고, 들키지 않으면 스스로 능력이 있다고 착각한다. 이는 입대하는 사람들에게 흔히 전하는 '잘하지 말고 중간만 해'란 말처럼 우리는 적당히 하는 것이야말로 괜찮은 미덕이라 생각하며 살아왔다. 뭐든 적당한 수준을 맞추는 것은 당신을 더욱 나태하게 만든다. 그 적당함이 이번이 끝일까? 절대 아니다. 당신이 생각한 적당함의 기준은 끊임없이 내려갈 것이고 그렇게 당신 수준은 쓰레기만도 못하게 될 것이다. 물론 당신은 그걸 모를 것이다. 그렇게 될 때까지 당신은 꽤 그럴싸한 일을 하고 있다고 착각할 것이기 때문이다.

JTBC에서 방영한 토크콘서트 〈말하는 대로〉에 출연한 서장훈. 지금은 예능인으로 많이 알려졌지만, 그는 대한민국을 대표하는 국가대표 농구선수이자, 아시안게임 금메달리스트이다. 수년간 주전으로서 코트를 누볐던 그는 이런 말을 했다.

"15년 동안 단 한 번도 시합이 끝나고 들어가서 만족해본 적이 없었던 것 같아요. 누가 뭐라고 한들 엄청나게 후회했어요. 매 시합을 전쟁한다는 느낌이 들 정도로 치열하게 살았고, 혼자 있는 날은 끊임없이 자책했어요. 지면 옷을 버렸어요. 다신 안 입었어요. 이상한 일이지만 그렇게라도 하고 싶었어요. 또 질까 봐 겁나서."

지면 옷을 버렸다는 말을 들으며 무슨 생각이 드는가? 누군가는 '우와 옷 많나 봐. 졌다고 버리고'라고 생각할 수 있다. 하지만 정말 올바르게 자신을 내다볼 수 있는 사람은 '그만큼 간절하게 했구나. 대단하다'라고 생각한다. 서장훈은 당시 대한민국 1등이었다. 지금까지도 아직 그보다 더 많은 골을 넣은 선수는 대한민국에선 존재하지 않는다. 그런 그도 이렇게 지는 것이 두렵고 간절하게 자신의 위치를 자책하며 하루하루를 보내왔다. 굉장히 치열하게 말이다. 1등은 이렇게 산다. 이러다 더는 경쟁자가 없으면 마지막 순간까지 자신과의 싸움을 이어가는 것이다.

② 남들처럼 하는 게 문제다

성공하는 사람은 흔하지 않다. 하지만 평범하게 사는 사람은 매우 흔하다. 매일 당신이 길거리에서 마주하는 사람 중엔 성공한 사람들보다 성공하지 못한 사람들이 훨씬 더 많다. 이건 확률적으로 당연한 일이다. 물론 여기서 스스로의 만족감은 제외하도록 하겠다. 그들은 적당한 수준, 평범함을 더욱 미덕으로 삼는 사람들이기에 이를 무조건 틀렸다고 말할 순 없다.

사업을 한다면 당신의 사업 아이템은 그 시장에서 상위 1~2% 안에 들어가야만 생존할 수 있다. 고객이 가장 상위권에 있는 제품을 선호하는 것은 당연한 일이며, 그 밖에 들어간다면 당신은 시장에서 소멸할 것이다. 그 밖에 있는 사람과 그 안에 있는 사람의 결정적인 차이는 무엇일까? 바로 '남들처럼'하는 사람과 '남들보다 그 이상을'하는 차이다. 무엇을 하든 당신 주변의 것을 비교 대상으로 삼는 것은 옳지 않다. 당신 주변보다 당신이 볼 수 있는 가장 최상을 비교 대상으로 삼아라. 당신 주변의 '남'이 그 위치에 있는 것은 그 정도만큼 하기 때문이고 당신이 그걸 보고 그만큼 하면 된다고 믿는 것은 시장에서 서서히 함께 소멸하는 길을 가는 것이다.

③ 40시간 일하는 직장인, 100시간 넘게 일하는 일론 머스크

성공을 위해서 물리적인 시간 투자는 당연한 것이다. 그리고 남들보다 더 멀리 나아가고 싶다면 당연하게도 남들보다 더 많은 시간을 투자해야 하는 것 또한 당연하다. 남들과 비슷한 시간을 들이며 남들보다 뛰어난 성과를 낼 수 있는 사람은 타고난 천재가 아니고서야 불가능하다. 근데 어쩌겠나. 이 책을 읽은 당신은 천재가 아니지 않은가. 우리 대다수는 천재가 아니다. 그렇기에 노력해야 하고 더 많이 투자해야 한다. 그래야 천재와 비슷한 정도라도 걸어갈 수 있다. 하지만 우린 너무나도 많은 착각을 하고 있지 않은가. 정작 일반 직장인인 우리는 워라벨이니 뭐니 이야기하며 주 40시간을 일하는데도 불구하고 진짜 천재라고 불리는 일론 머스크는 워라벨 따윈 개나 줘버리라 하고 주 100시간을 일하고 있다. 당연히 그와 우리의 격차는 더 빠른 속도로 벌어질 수밖에 없다.

PART 9
현 실

❾ 매사에 위로받으려고 하지 마라

1) 긍정적 격려는 쓸데없이 과장되어 있다

쓸데없이 긍정적인 격려는 당신을 게으르게 만든다. 주변에서 하는 좋은 말에 속아 정작 내가 고쳐야 하고, 발전시켜야 할 부분을 가려 버린다. 대다수는 당신의 실패를 위로하려고만 하지 냉정하게 평가해주진 않는다. 그리고 당신에게 좋은 말로 달래주려 하지, 당신의 문제를 하나하나 지적하며 기분을 상하게 하지 않게 하기에 쓸데없이 과장되는 경우가 많다.

또 이런 격려를 받기 위해 당신은 끊임없이 과정을 언급할 것이다. 과정을 언급하는 것이 나쁘다는 말이 아니다. 과정은 결과만큼이나 깊은 의미를 지니고 있다. 동의한다. 하지만 누구나 노력은 한다. 노력은 기본이고 노력하지 않는 사람은 애초에 인생이라는 게임의 본선까지 아직 오지 못했다. 결과 집약적인 사고는 과정을 넘어 그 노력을 얼마나 더 처절하게 수행했으며 최선이 아닌 최고를 바랐는지에 따라 결과가 달라진다. 과정만으로 증명하려

하지 마라. 과정과 함께 결과도 함께 증명되어야 한다고 생각하자. 결과가 없다면 과정은 부정당하고 폄하 당하는 것은 당연하며, 당신은 수많은 눈초리와 말들을 듣게 될 것이다. 당연히 당신은 서툴 수밖에 없다. 그래서 당신보다 먼저 상위 레벨에서 자리 잡은 사람들이 하는 조언은 대부분 가혹하고 냉정할 수밖에 없을 것이다. 어떤 자리는 상위로 올라가기 위해서 혹독한 과정과 노력이 동반되어야 하기 때문이다.

만약 나 자신이 과거의 나 자신에게 핵심을 전한다고 상상하더라도 결과는 같다. 나는 나에게 가혹하고 냉정한 조언을 할 것이다. 당연하다. 모두가 그렇듯 나 또한 여기까지 오기에 수많은 좌절과 고민과 노력이 동반되었다. 그 모든 걸 할 수 있다는 의지로 버티고 버텨왔기 때문이다. 당신이 가혹한 조언을 듣고 실망하고 도망치고 짜증, 화를 낸다면 당신은 무시당한 것이 아니라 이미 이 냉혹한 출발선에 설 자격이 없는 사람인 것이다.

최근에 아내와 함께 '쇼미더머니'라는 프로그램을 보게 됐다. 많은 사람이 래퍼가 되는 기회를 얻기 위해 자신의 역량을 뽐내고 심사를 받고 있었다. 시청자인 나는 심사위원들이 방송을 의식해 참가자들에게 너그러울 것이라는 생각을 했다. 나의 착각이었다. 실력이 아직 부족한 사람들을 가차 없이 떨어뜨리는 심사위원들을 보며 '왜 저렇게까지 냉철히 결정했어야 할까?'라고 잠시 생각했다. 하지만 그 뒤 이어진 인터뷰에서 그 이유를 이해할 수 있었다. 음악의 세계, 래퍼의 세계는 그들이 생각하는 것보다 훨씬 가혹하므로 결과로 증명해 낼 수 없으면 결국 생존할 수도 없다는 것이었다. 따라서 더 준비된 상태로 발을 들여놓는 것이 그들에게 훨씬 나은 결정이라는 설명이 인상 깊었다.

결과 중심적으로 일한다는 말을 들으면 왠지 냉철하고 차갑고 냉혹한 현실을 그리고 냉혹한 사람이라는 느낌을 받게 된다. 하지만 어쩌면 그 냉혹한 현실을 보여 줌으로써 그 사람의 순수한 마음을 보호하려던 것은 아닐까? 새삼 생각해 본다. 결과 중심적으로 일하는 마인드는 치열한 전쟁터의 마인드다. 어깨를 토닥이고 위로해주면서 '너를 배려하니까 내가 너에게 져 줄게'라는 순진한 말, '저 사람은 내 힘든 상황을 아니까 좀 봐주겠지'라는 순수한 마음은 절대로 통하지 않는다. 비즈니스의 세계는 의외로 가혹하다. 따라서 우리는 전쟁터 같은 분위기에 익숙해질 필요가 있다. 물론, 전쟁터라는 표현이 다른 사람을 밟고 올라가거나 해한다는 말은 아니다. 그러나 그의 준하는 만큼이나 처절한 결정을 내리며 내 분야의 전문가로 우뚝 서게 되는 기회를 의미한다는 걸 기억한다.

2) 살면서 격려와 위로를 받지 못하는 것의 장점

① 나를 더 단단하게 만들었다

누군가는 '악쓴다'라고 표현하지만, 누군가는 그것을 '성장한다'라고 표현한다. 한가지 현상을 가지고 두 가지의 표현이 등장하는 것은 어떻게 받아들이는지에 대한 태도의 차이에서 나타난다. 그리고 그 태도의 차이는 결국 '성장'이라는 결과물에서도 차이를 만든다.

모든 것이 편하게 이뤄질 수 없다. 가끔은 악이 필요하고 또 가끔은 위로도 필요한 것. 삶엔 그 시기가 다를 뿐, 위로받고자 단단해질 기회마저 놓치지 않길 바란다. 우리는 평소 위로하면서 어떤 말을 하는가? 분명 지금 힘든 것들이 그렇게 나쁘지 않았다고 말할 것이며, 널 괴롭히는 문제가 사실 너의 문제가 아니라고 말할 것이고, 더 나아가 너의 잘못은 아무것도 없고 다 남의 잘못이라 말하기도 할 것이다. 위로의 가장 궁극적인 목표는 상대방에게 안심을 주는 것이다. 안도감을 주는 것이 불필요하다는 게 아니다. 하지만 그것도 정도가 있는 것이며 필요한 사람에게 해주어야 한다는 것이다.

대학 시절 전공 학과장 교수님은 나에게 칭찬해주지 않았다. 그리고 틈만 나면 나의 레포트에 가장 낮은 점수를 주곤 했다. 나는 그 이유를 너무나도 잘 알고 있었다. 내가 스스로 잘났다는 걸 교수님은 알고 있던 것이다. 심지어 모든 과목이 A 또는 A+가 나온 상황에서도 그 교수만큼은 나에게 C+를 안

겨줬다. 심지어 단 한 번도 지각과 결석을 한 적이 없으며, 과제도 늦게 내본 적이 없었는데도 말이다. 장학금을 날릴 상황에 처해지자 나는 교수한테 정정을 요구했다. 그 교수는 나에게 딱 한 마디를 했다.

"그럼 네가 더 잘했어야지."

그 말을 듣고 교수에게 장문의 편지를 보냈다. 그때 꽤 악에 받쳐 더 나은 결과물을 만들어 교수에게 내 능력을 인정받는 것이 중요한 것이 아니라 어쩌면 악을 쓰며 어떻게든 내게 좋은 점수를 줄 수밖에 없이 만들고 싶었다. 그렇게 졸업 학기가 되었을 때 나는 준비한 최종 레포트를 제출했다. 그리고 그 교수에게 A⁺를 당당히 받을 수 있었다. 지금도 이 교수님에게 종종 연락을 드린다. 당시엔 '정말 너무 싫어서 미치겠다'는 생각까지 해본 적 있다. 하지만 이젠 아니다. 그는 나를 더욱 단단하게 만들고 싶었던 것이다. 그렇게 다지고 다져 누구보다 뛰어난 결과물을 만들어내고 싶었던 욕심이 지금의 나를 만들었다.

② 쓸데없는 주관적 만족에 휩싸이지 않는다

위로받지 않고 이겨내려 했을 때 얻을 수 있는 가장 큰 성과는 당신 자신을 객관적으로 바라볼 수 있다는 점이다. 인정받지 못하고 욕을 먹으며 느낄 수 있는 가장 큰 장점은 나를 돌아보고 주변을 돌아보게 한다는 점이다. 우리는 자신의 깊은 주관에 갇히는 순간부터 주변을 둘러보는 시야가 좁아지게 된다. 내가 믿는 것이 너무나도 확고해지고, 또 점차 스스로 만족하는 법을 배워가는 것에 익숙해지기 때문이다. 하지만 위로받지 않은 채 더 나아갈 방도를 찾으려면 어쩔 수 없이 나를 돌아보고 주변에 더 나은 것을 찾게 된다. 그리고 지금 내가 하는 것의 이상의 것을 찾기 위해 노력한다. 지금의 나보다 결국 더 멀리, 더 강하게 발전해나가는 것을 찾는 것이다.

3) 위로를 바라기 전에 경계해야 하는 4가지 마음

① 나약한 마음

어차피 나약한 사람은 위로할 필요가 없다. 강한 마음은 어렵고, 나약한 마음은 달콤하다. 우리는 달콤한 걸 빨리 먹고 싶어 하고, 맛없는 건 늦게 먹고 싶어 한다. 위로는 강하게 몰아치며 달리던 사람이 주저앉게 되었을 때 해줄 수 있는 말이지만, 애초에 같은 거리를 달리기보다 편하게 걷고 싶었던 사람은 그에 대한 합당한 대가를 치르는 것이나 다름없다. 결국, 문제는 마음이다. 스스로가 애당초 위로받기엔 나약했던 것은 아닌지 돌아볼 필요가 있다. 만약 당신의 마음이 나약하기 짝이 없었다면 마음을 가다듬고 더 강하게 몰아칠 준비를 해야 한다. 어쩌면 당신에겐 아무런 위로도 필요하지 않다.

② 남에게 의지하고 싶은 마음

타인에게 의지하고 싶은 마음은 도피처로 삼는 것이자 당신이 하는 모든 것에 대한 주체성을 포기하는 것과 같다. 누군가는 도움받을 수 있을 땐 적극적으로 도움받기 위해 노력하란 말을 한다. 하지만 이는 모든 사람에게 적용되는 말은 아니며 스스로 해결책을 찾다 도저히 방법이 없을 때만 가능한 말이다. 문제는 대다수 사람은 여기서 말하는 '최선'의 노력을 다하지 않은 채 도움을 받고 의지하려 하기 때문이다. 의지하려 하지 말고 스스로 이겨 내려 해야 한다. 의지에 익숙해지는 사람들은 힘들 때마다 타인의 능력에 기대려 할 뿐, 스스로 성장하려 노력하지 않는다. 그리고 스스로 이겨내려 하지 않는다. 타인에게 의지해 문제를 해결하고 나아가는 사람과 어렵지만 스스로 해결해내는 사람들은 결국 결정적인 차이를 만들게 된다. 바로 '성장'이라는 차이다.

③ 혼자 하기 싫은 마음

타인은 결코 당신을 위해 아무것도 해줄 수 없다. 물론 어느 정도 도움을 받을 순 있다. 그리고 운이 좋게 영혼의 파트너를 만나면 당신의 일을 자기 일처럼 해줄 수도 있다. 하지만 한 가지 명확한 건 당신의 일은 당신이 해내야 한다. 영혼의 파트너는 말 그대로 영혼까지 맞는 파트너이며 타인은 당신과 다르기에 당신이 필요한 만큼의 의지를 갖추고 어떠한 일을 수행할 수 없다. 그러니 부디 이 사실을 인정하고 믿어야 한다. 남은 오로지 남일 뿐이라는 점을 명확하게 인지하고 받아들여야 한다. 다른 사람이 당신의 모든 사정을 다 이해할 수 없다.

④ 포기하고 싶은 마음

당신이 하는 일이 힘들고 동시에 확신이 들지 않는다면 당신은 자연스레 위로받고 싶을 것이다. 그리고 그 위로를 통해 포기하고 싶은 마음을 달래고 싶을 것이다. 이것으로부터 고통받지 않을 방법이 하나 있다. 심지어 매우 간단하다. 다 포기해버리면 된다. 진짜다. 포기하면 정말 편하다. 지금까지 당신을 괴롭혔던 일은 거짓말처럼 사라지고 깊은 평화가 찾아온다. 그리고 내 마음대로 모든 것을 할 수 있다. 오늘 나가서 놀던, 침대에 누워 온종일 넷플릭스만 봐도 당신을 괴롭히는 건 아무것도 없을 것이다. 딱 하나 괴롭히는 것이 있다면 그건 당신이 일을 마무리하지 못하고 도망쳤다는 기분일 것이다.

어떤가? 일을 마무리하지 못한 채 도망쳤다는 기분은 정말 편안할까? 아니다. 이는 당신을 더 깊게 괴롭힐 것이다. 아니 어쩌면 평생 당신을 쫓아다닐지도 모른다. 당신은 그게 두려울 것이다. 그래서 도망치지도 못한 채 이러지도 저러지도 못하고 위로만 쫓아다니고 있다. 당신에게 필요한 것은 위로가 아니다. 위로라는 일회성 인스턴트 식품이 아닌 내가 하는 일에 대한 확신과 믿음을 얻을 수 있는 내면을 더욱 단단하게 해야 한다. 내면이 문제가 아니라면 문제를 실질적으로 해결하기 위한 노력을 해야 한다. 무조건 의지하는 선택은 도망자의 방법이나 다름없다. 기억하라. 그들은 당신의 해결책이 아니다. 해결책이 있다면 오직 당신이 스스로 해결해내야 한다.

CHAPTER 04

내 인생에서 체득해야 할 11가지 단어

HOW TO BE A GIANT

04

인생을 살며 **체득**해야 할 11가지 단어

❶ 부자들의 8가지 아침 습관

① 아침 일찍 일어나기

부자들이 이른 아침을 선호하는 이유는 여러 가지가 있지만, 그중에서 가장 큰 이유는 오롯이 방해받지 않는 나만의 시간을 확보할 수 있기 때문이다.

새벽은 고요하다. 모두가 잠들어 있다. 간밤에 모든 파일 정리를 끝낸 뇌는 상쾌하게 새로운 정보를 받아들일 준비가 되어있고 몸과 마음이 새롭게 깨어났다. 하루의 시작을 뻔하디뻔한 날로 인식하는 경우가 얼마나 많은가! 분명 수많은 명언에서 '살날이 얼마 남지 않은 사람이 그토록 원하는 하루'라고 말하고 있음에도 불구하고 우리는 하루의 시작을 허투루 보내는 경우가 많다.

이른 아침을 깨우는 것을 미라클모닝이라고 하는데 사실 미라클모닝은 자칫 하루의 사이클을 해칠 수 있다. 따라서 일주일에 하루부터 도전하기를 권한다. 고요한 그 새벽의 맛을 손가락으로 딱 찍어 먹어봐야 한다. 온 세상과 나, 단둘이서 남는 그 시간은 의외로 굉장히 존재론적이고 삶의 의미를 되새기게 한다. 이른 아침을 깨우는 것이란 새로운 세계의 공간이다. 그 맛을 꼭 경험하기를 권하고 싶다.

② 침대 정리하기

이불 정리는 가장 작은 일이라고 하여 이미 많은 사람이 권하고 있다. 일단 가장 쉬우므로 실천하기 쉽다. 이불 정리는 마치 하루 성과의 눈덩이를 굴리는 것과 같다. 가장 작은 눈 공이 바로 이불 정리인 것이다. 정확히 말하면 자고 일어난 자리를 깔끔하게 정리하는 것. 하지만 나는 당신이 이불 정리에서 멈추지 않길 바란다.

방을 둘러보자. 정리되지 않은 많은 물건이 보일 것이다. 방을 일종의 생태계(?)로 만들지 말자. 옷장, 책상 위, 가방, 책장 등 눈이 닿은 공간을 조금씩 정리하는 습관을 들이자. 모든 것은 연결되어 있다. 실제로 그렇다. 공간이 정리되면 생각과 마음이 정리되고 공간이 살아나기 시작하면 그 공간에서 더욱 큰일을 해낼 수 있다. 환경의 지배에서 우린 벗어날 수 없다. 침대 이불 정리는 성공에 대한 나비효과의 시작이다. 나를 위한 최적의 환경 만들기에 소홀하지 말자.

③ 건강보조제와 미지근한 물 한잔

아직 20대라면 '건강보조제가 무슨 의미가 있겠어'라며 무시할 수도 있다. 하지만 필자를 비롯한 30대 이상 사람들, 특히 건강에 대한 위험신호를 한 번이라도 경험한 사람은 건강보조제 및 미지근한 물에 대한 중요성을 잘 인지하고 있을 것이다. '얼죽아'라는 단어를 통해 차가운 음료에 대한 생각이 팽배해 있지만, 우리 몸은 살짝 따뜻한 물이 가장 적합하다. 너무 차지도 너무 뜨겁지도 않아야 한다.

건강에 대한 지식 또한 소홀히 하지 않기를 바란다. 현대인들에게 가장 결핍된 영양소부터 평생 먹어야 하는 보조제까지 다양하게 존재한다. 일찍이 습관을 들이고 혹시 까먹고 있었다면 지금이라도 다시 챙겨 먹기 시작하자. 건강은 성공보다 중요하다. 아침 루틴에 꼭 잊지 말고 나에게 필요한 영양제를 챙겨 먹길 바란다.

④ 숨쉬기와 명상하기

무협 소설을 보면 항상 나오는 단어가 있다. 바로 '내공'이다. 내공을 쌓는 방법은 '호흡'을 통해서라고 한다. 일상에서 의식적으로 경계해야 하는 호흡이 있다. 바로 '얕은 호흡의 습관화'다.

일본에서 운동 트레이너로 활약하는 오누키 타카시는 "인간은 하루에 약 2만 번의 호흡을 반복하는데, 이 호흡을 제대로 하면 분명히 경기력이 향상된다"라고 역설한다. 올바른 호흡을 하면 몸을 더 움직이기가 쉬워지고 피곤함이 해소된다는 말이다.

아침에 일어나면 아기의 호흡을 기억하자. 우리는 어른이지만 아이의 호흡에서 본질을 다시 배워올 필요가 있다. 아래 아침에 간단하게 하기 좋은 호흡 훈련법을 적어두었다.

'기댈 수 있는 편안한 의자에 앉아야 한다. 의자에 앉아 10초 정도 마음을 안정시킨 후, 한 손은 가슴 위에 다른 한 손은 배꼽 위에 올리고 길게 숨을 뱉는다. 가능한 가슴 위의 손은 움직이지 않고, 배 위의 손만 오르내리도록 호흡한다. 숨을 들이마실 때 속으로 '하나'라고 세고, 내쉬면서 '편안하다'라고 속으로 말한다. 이렇게 '열'까지 센 후에 다시 거꾸로 '하나'까지 세면서 호흡한다. 배만 움직이는 복식호흡을 하면 몸 곳곳에 산소가 전해지고, 신체가 이완되

면서 스트레스가 완화된다. 카테콜아민·코르티솔 등 스트레스 호르몬 방출이 줄고, 부교감신경이 활성화돼 정서가 안정되는 효과도 있다. 복식호흡에 익숙해지면 배 위에 책을 올려놓고 호흡해도 좋다. 복식호흡은 하루 두 번, 적어도 10분 이상 매일 하는 것이 적절하다.'

출처: https://health.chosun.com/site/data/html_dir/2021/08/24/2021082401862.html

⑤ 몸을 깨우는 운동하기

아침에 일어나면 오랜 시간 동안 몸이 굳어있던 상태다. 온몸의 세포를 자극하는 단순 반복 활동으로 몸을 깨워줘야 한다. 일어나서 강력하게 몸에 활력을 넣어주지 않으면 축 처진 몸 상태로 24시간을 살아가게 된다. 내가 할 수 있는 반복적이고 간단한 운동을 하나 정하자. 그리고 아침에 일어나면 5초를 세고 바로 그 동작을 시작하자. 대단하고 거창할 필요 없다. 매일 아침 1시간씩 달리기를 말하는 게 아니다. (물론 그것도 너무 좋지만) 가벼운 목 스트레칭부터 팔굽혀펴기 5개 정도는 어떤가? 아니면 순서대로 3~5개 동작으로 온몸을 풀어주는 스트레칭도 좋다. 산뜻한 음악을 틀고 굳어있던 근육을 풀어주자. 방을 벗어나는 순간 '오늘 하루는 잘될 거야'하는 마음이 들지도 모른다.

⑥ 따뜻한 차 마시기

사람들이 아침에 차 마시는 루틴을 사랑하는 이유가 무엇일까? 단순히 차가 맛있어서? 건강에 좋아서? 물론 그것도 맞다. 하지만 차를 내리고 준비하는 일련의 과정이 이미 명상이기 때문이다. 스마트폰을 내려두고 차에 집중하며 향과 분위기가 달라지는 무드의 변화를 경험하는 것. 그것은 단순히 느낌의 변화가 아닌 새로운 하루로 바꿔버리는 의식(ritual)이다.

아침에 마시기 좋은 차로 곡물차(보리, 현미 등)나 캐모마일, 히비스커스, 루이보스 등을 추천한다. 카페인이 들어 있지 않아서 물 대신 마시기 좋으나 무조건 좋다는 차를 마시지 않기를 권한다. 나의 체질과 맛에 잘 맞는 차를 고르는 것이 더 낫다. 아침에 마시는 차는 혈액순환에 도움이 되고 체온을 올려 대사를 활발하게 한다. 체온이 적당히 유지되어야 면역력이 높아지고 영양 전달에 도움을 준다.

⑦ 감사 저널 쓰기

아침 저널은 아침 루틴 중에서도 가장 깊이 있는 활동이며 핵심이기도 하다. 특히 감사함(gratitude)을 강력하게 느끼는 저널 활동이 꼭 필요하다. 감사함이란 무엇일까? 보통 감사한 마음이라고 이야기하면 선물을 받는 순간에 느끼는 감정 같은 것을 떠올린다. '감사하다'라는 말을 하는 순간의 느낌을 생각하기 때문이다. 하지만 감사함은 그 이상의 의미를 지니고 있다.

감사함은 무언가를 받는 행위의 궁극적인 감정 형태다. 지난 일을 긍정적으로 인지하게 하며 현재 나에게 주어진 좋은 것에 집중하게 한다. 그런 감정을 깊이 있는 수준으로 경험하게 되면 인생을 바라보는 관점이 변하게 된다. 아침에 수행하면 더 효과적이다. 세계적인 동기부여 전문가이자 변화심리학의 권위자인 토니 로빈스(Tony Robbins)도 아침 리추얼에서 감사를 필수적인 루틴으로 채택하고 소개하고 코칭하고 있다.

한 남자가 토니 로빈스를 만나 아침 루틴을 경험한다. 자세를 편안히 하고 긴장을 푼 채 눈을 감는다. 그리고 인생에서 감사함을 깊게 느꼈던 순간을 생각해 본다. 느끼는 감사함이 사소하든 거대하든 크기는 중요하지 않다. 그것이 현재이든 과거이든 그 또한 중요하지 않다. 중요한 것은 어떤 상황이든 깊이 있는 수준으로 감사함을 느꼈던 때를 기억해 내는 것이다. 그리고 그 기억으로 들어가 그 순간을 마치 웨이브의 시선에서 보는 것처럼 느끼고 관찰하고 맛보는 것이다. 내 인생에 있었던 순간 중 긍정적인 순간을 꺼내 보며 음미하는 것이다. 그렇게 잠시 그 순간에 존재한다. 천천히 현재로 돌아오면 두 가지를 떠올릴 수 있다. 첫 번째는 현재 나의 인생이 얼마나 감사함으로 가득 차 있는지와 두 번째는 분주하게 살아오느라 그간 신경 쓰지 못했던 부분이다.

감사함과 더불어 생각하면 좋은 활동은 바로 인생에서 성취하고 싶은 3

가지를 떠올려보는 일이다. 물론 사람마다 방식은 조금 다를 수 있다. 어떤 사람은 쓰는 게 좋고 어떤 사람은 말하는 게 좋고 어떤 사람은 떠올리기만 해도 좋다고 말한다. 어떤 방법이 옳고 그르다고 말하고 싶지 않다. 중요한 것은 깊이 있는 수준으로 감사함을 느낀 후에 내 인생에서 달성하고 싶은 것을 떠올리며 그것을 얻어낸 나의 모습을 상상하는 것이다. 사실 상상이라는 단어는 조금 적합하지 않다. 이 작업에서 필요한 것은, 그것을 이룬 나의 모습을 마주했을 때 어떤 느낌일지를 구체적으로 떠올려보고 그 느낌을 현재 느끼는 것이다.

우리가 느끼는 감정은 절대로 감정에서 끝나지 않는다. 특정한 생각을 떠올리고 그것이 주는 감정을 느끼면 우리의 몸은 그 감정에 즉각 반응한다. 따라서 매일매일 느끼는 감정은 코드 신체 반응과 연결되어 있으며, 신체에 충분히 영향을 미칠 힘을 가지고 있다. 그렇기에 하루 24시간을 살아가며 주로 부정적인 감정을 느끼는 사람은 몸도 그것에 맞게 변화한다. 반면 하루 24시간 동안 긍정적이고 감사함을 느끼는 사람은 몸도 그에 맞게 변화하게 된다. 과연 어느 쪽이 더 바람직한가? 당신은 이미 답을 알고 있다.

아침에 쓰는 감사 저널은 하루 24시간 나의 감정과 몸의 상태를 좌우하는 기틀을 마련하는 일이다. 꼭 펜으로 직접 쓰지 않아도 좋다. 핸드폰으로 적어도 된다. 바쁜 날에는 그것을 잠시 떠올려보는 것도 좋다. 노래 한 곡이 3

분에서 5분 정도이니 좋아하는 노래를 들으며 감사한 것을 떠올린 채로 길을 걷는 것도 좋다. 어떤 방식이든 상관없으니 감사하는 습관을 아침에 꼭 도전해 보았으면 좋겠다.

⑧ 5~10분 만이라도 일찍 일어나자

성공한 사람들의 아침은 결코 늦은 시간에 시작되지 않는다. 그들의 아침은 앞에서 소개한 24시간을 위한 준비 시간으로 너무나 소중하고 알뜰하게 쓰인다. 일찍 일어나는 새가 먹이를 먹는다는 말은 이제 너무나도 진부해서 더는 쓰지 않는 편이 좋지만 그래도 이만한 말이 없다. 아침은 사람에게 활력을 주는 시간이다. 당신이 학생이나 직장인이라면 아침에 몸이 무겁고 5~10분 일찍 일어나는 게 익숙하지 않을 수 있다. 그러나 아침 시간을 소유하지 못한다면 하루를 탁월한 상태로 보낼 수 없다. 심지어 하교 후 또는 퇴근 후의 시간은 일과를 마치고 휴식을 취하고 싶은 시간이 되기 마련이기 때문에 더더욱 시간 활용이 애매하다. 성공을 이루는 내 안에 거인을 활용하기 위해서는 아침이 필수적이다.

❷ 시간 엄수(punctuality)

① 시간 엄수의 기본을 지키지 못하는 사람들

"나는 시간 약속은 잘 못 지키는 편이야"라는 말을 당당하게 하는 사람이 되지 마라. 자신의 이기심과 원칙 없음을 쉽게 드러내면 안 된다. 기본적으로 시간 약속을 지키지 못하는 사람은 자신과 간단한 약속도 지키지 못한다. 자신과의 약속을 비롯한 내뱉는 말을 지키지 못하는 사람은 신뢰할 수 없고 자존감도 낮은 경우가 대부분이다.

세계적으로 인정받는 기업가이자 강연가, 동기부여 전문가인 에드 마일렛은 〈포브스 Forbes〉가 선정한 '50세 이하 최고 부자 50인'에 이름을 올렸다. 그는 자신감은 자기 자신과의 약속을 스스로 지켜내는 것에서 생겨난다고 말했다. 시간 약속은 이처럼 기본적인 부분이지만 자신과 그리고 타인과 지키는 약속이며 동시에 마음의 근본이 된다. 생각보다 많은 사람이 '친구와 오후 7시에 만나기로 한 약속'과 '내일 출근 1시간 전에 일어나 간단한 스트레칭을 하는 것'을 다른 것으로 본다. 그렇지 않다. 이것은 약속하는 상대만 다를 뿐, 같은 약속의 종류로 보아야 한다. 모든 약속은 결국 스스로 마음먹기에 달린 것이다.

② 시간 도둑질에 익숙한 요즘 사람들

코리안 타임(Korean Time)이라는 단어가 익숙한지 모르겠다. 30분은 기본으로 늦는다고 생각하라는 의미의 단어로 흔히 쓰이는 말이다. 어디서 이런 단어가 사용되기 시작했는지 모르지만 참으로 안타까운 일이다. 전 국민이 시간 엄수를 하지 않기로 결정이라도 했단 말인가?

비즈니스적인 미팅에 오갈 때마다 이런 부분은 더 여실히 드러난다. 시간 약속에 늦고도 당당한 사람들이 이에 해당한다. 정말 미안한 마음을 품고 사과하는 태도가 몸에 배어있는 사람이 더 바른 인상을 남긴다. 시간을 엄수하는 것을 흔히 인성이 좋고 나쁨으로 치부하는 경향이 있는데 전혀 그렇지 않다. 시간을 널뛰듯이 사용하는 사람은 맡은 일도 그렇게 한다. 생각도 그렇게 하고 삶도 그렇게 산다. 혹시 이 말이 너무 가혹하게 들린다면 아직 받아들일 때가 아니라고 생각해도 좋다. 일론 머스크는 시간을 작은 단위로 쪼개 운영하는 것을 체화시켰다. 성공을 바란다면 마땅히 시간을 지키고 작은 단위로 쪼개어 나와의 약속을 엄수하는 습관을 길러야 한다.

❸ 심적 여유

① 여유에서 본질이 깨어난다

쫓기듯 살아가는 사람은 반드시 무언가 놓치기 마련이다. 그리고 마치 머피의 법칙처럼 이는 꼭 중요한 것일 가능성이 상당히 높다. 그래서 스스로 여유 있게 행동해야 경제적 여유와 인생의 여유가 자연스레 찾아온다. 중요한 미팅이나 약속 자리가 있거든 시간에 맞춰가지 말고 1시간 전에 도착해 카페에서 커피 한잔을 하는 습관을 둘러보자. 그곳에서 꼭 노트북을 올려놓거나 생각을 정리한답시고 펜을 꺼내 필기할 필요까진 없다. 그저 마음의 여유를 가지고 심적 여유를 즐긴다는 마음을 가져보는 것이 중요하다. 이렇게 여유를 가지고 중요한 자리에 임하게 된다면 아마도 상대방에게 훨씬 더 편안한 인상을 줄 것이며 대화의 흐름이나 메시지를 이해하고 주고받는 것에 훨씬 더 수월할 것이다.

이렇듯 심적 여유는 우리가 놓치고 가는 많은 것을 볼 수 있게 만들어준다. 여유가 없는 사람들은 결국 자신을 돌아볼 기회가 없다. 어떤 곳이든 가장 중요한 것은 자신을 나타내는 것이며 자신이 어떤 사람인지 명확히 돌이켜 볼 줄 알아야 같은 실수를 반복하지 않는다.

심적 여유가 없는 상황의 가장 큰 문제는 잘못된 판단을 내린다는 점이다. 특히 이런 현상은 보통 사람들을 넘어 회사를 운영하는 대표들 사이에서 흔하게 나타난다. 여유 있는 척을 하지만 의외로 잘못된 판단을 지속해 내리는 것이다. (물론 그들은 그것을 인정하지 않고 큰 그림이라고 둘러대겠지만) 결국 마음의 여유가 없어서 그런 거다. 말 그대로 쫓기는 것. 어깨의 짐이 무거워 주저앉을 것 같은 거다. 그렇기에 심적 여유를 가지는 것은 기술이다. 비유적으로 표현하면 심적 여유는 일종의 생각과 마음의 공간이다. 방 안이 무참히 어질러져 있어 구석에 쪼그려 앉아있어야 한다면 방이 10평이든 100평이든 무슨 상관일까? 돈벌이나 삶의 크기와 상관없이 대부분 사람이 심적 여유 없이 살고 있다는 것을 기억하자. 그리고 나를 쉬지 못하게 하는 바쁜 일상에서 분리하여 오롯이 존재할 수 있는 시간과 공간을 확보하자.

● 한 달에 1~2번 캘린더에 '나와의 데이트'를 등록해두자. 나를 편안하게 만들어주는 공간으로 가자. 필요하다면 조금 멀리 떠나도 좋다. 심적 여유가 마음에 생기고 나면 그동안 얼마나 분주하게 지내왔었는지 깨닫게 된다. 짧은 깨달음의 순간을 위해서 정기적으로 시간을 할애하자. 그리고 아래 질문에 답해보자.

● 질문 리스트

○ 마음의 여유를 마지막으로 가진 적이 언제인가?

○ 여유를 방해하는 가장 큰 요소는 무엇인가?

○ 여유가 생기고 나니 보이는 깨달음이 있는가?

○ 쫓기는 마음에 잘못 내렸던 결정이 있는가?

○ 여유가 있었었다면 어떤 결정을 내렸을 것 같은가?

② 마음이 부유한 사람을 만난 후 얻은 깨달음

20대의 나는 경제적으로 압박감을 느끼며 살았다. 대학생 시절, 한 달에 30만 원 안에서 식사, 교재, 교통, 통신비 등 모든 생활을 해결해야만 했고 당연히 부족했다. 일을 할 수밖에 없었고 자연스럽게 불합리한 사건을 겪으며 살아야만 했다. 그리고 주변에서 다들 '인생은 원래 그런 거야'라며 힘듦을 합리화했다. 그래서 나도 그런 줄만 알았다.

우연한 기회에 부유한 마음을 가진 사람을 만나면서 내 인생이 뭔가 잘못 되었다는 생각을 하기 시작했다. 아르바이트를 끝내고 집에 터벅터벅 걸어오는 길에 '부자와 나와의 차이가 뭘까?'에 대한 생각을 했다. 그리고 이미 가진 돈의 액수나 환경을 떠나 내가 지금 당장 적용할 수 있는 것이 무엇일까 고민했다. 딱 1가지가 있었다. 그것이 바로 마음의 여유였다. 그리고 나니 눈이 확 밝아지며 일상에 작은 순간들이 눈에 들어오기 시작했다.

물건을 살 때 항상 싼 물건만 찾는 행동, 비싼 음식을 먹으러 가면 괜히 평가하고 그 시간을 온전히 즐기지 못하는 행동, 경제적으로 부담되는 물건이나 장소에 방문하면 괜히 자랑하고 싶은 마음이 드는 것까지. 이 모든 것이 마음의 여유가 없기 때문이라는 것을 깨달았다. 그리고 정신을 차려보니 걸음걸이마저 이유 없이 빨랐다는 것을 알 수 있었다. 그만큼 여유 없는 삶을 살고 있던 것이다.

내 마음에 공간을 널찍하게 마련해주고 나를 다시 돌아보자. 아쉽지만 지금 이 훈련을 하지 않으면 평생 쫓기듯 살아가게 된다. 시간이 갈수록 해야 하는 일은 늘어나고 책임져야 하는 일은 많아진다. 심적 여유는 본질적으로 스스로 만들어 지켜내고 익혀야 하는 기술이다. 마음의 여유를 통해 부자의 마인드가 깃들 공간을 확보하길 바란다.

❹ 자기 신뢰

자기 신뢰는 자존감과 혼동되기 쉽지만 다르다. 자기 신뢰는 해낼 수 있는 나 자신을 믿는 것이다. 그리고 그 과정에서 흔들리지 않는 것이다. 과정까지 사랑하며 실수하는 나 자신마저 믿는 신념이나 가치관이다. 특히 미국의 사상가인 랄프 왈도 에머슨이 이 자기 신뢰에 대한 과감하고도 격정적인 말을 많이 남겼다.

① 사람은 마음속 깊은 곳에서 번쩍거리며 지나가는 빛줄기를 발견하고 관찰하는 법을 배워야 한다. 각 개인에게는 음유시인이나 현자들에게서 나오는 하늘을 가로지르는 불빛보다 자기 마음속에서 샘솟는 한 줄기 빛이 더 중요하다.

② 자신에게 주어진 경작지를 나의 노동으로 갈지 않으면, 단 한 알의 옥수수도 그에게 주어지지 않는다. 인간 내부에 깃든 힘은 본래 새롭다. 그 새로움 때문에 인간은 자신이 무엇을 할 수 있는지 예상하지 못하는데, 직접 뭔가를 해보아야만 비로소 자기 능력을 알게 된다.

③ 신은 겁쟁이가 그분의 역사를 드러내도록 두지 않는다. 인간은 자기 일에 온 정성을 다하고 최선의 노력을 기울일 때 비로소 위로를 느끼고 즐거움을 얻는다. 하지만 그런 정성과 노력이 없는 말이나 행동은

그에게 마음의 평화를 안겨주지 않는다. 그것은 건져낼 능력이 없는 구원일 뿐이다. 건성으로 하는 그런 언행으로는 버림만 받을 뿐이며, 아무런 친구도 창의성도 희망도 건질 수 없다.

④ 눈치 보기를 일절 거부할 수 있는 사람. 주변 사람이나 사물을 일단 관찰했으면, 그다음에는 눈치 보지 않고, 편견을 갖지 않고, 뇌물로 마음을 취할 수 없으며, 두려움 없는 솔직함으로 자기 의견을 말할 수 있는 사람. 이런 사람은 언제나 강적이 된다. 이런 사람이 주변에서 벌어지는 일에 의견을 내놓으면, 사적인 게 아니라 필요에 따른 의견임을 알기에, 사람들 귀에 쏙쏙 들어가 박히고 그들은 두려운 존재가 된다.

자신을 믿는 사람은 흔들림이 없고 그 어떤 것으로도 사람을 유혹할 수가 없다. 위에 적어둔 4가지 글귀를 통해 자기 신뢰의 느낌을 찾아냈길 바란다. 자기 신뢰는 나라는 한 사람으로 충분하다는 선언이며 세상을 향한 나의 목소리에 부끄러워하지 않는 것이다.

큰소리로 높여 자신이 옳다고 말하는 사람을 발견하게 된다면 그들의 눈을 보자. 눈은 거짓을 말하지 못한다. 눈은 마음의 창이다. 실제로 그런 사람들을 많이 만난다. 입은 웃는데 눈은 정색하는 사람. 확신에 찬 목소리를 가지고 있지만, 스스로가 그렇게 믿지 않는 사람까지. 표리부동한 사람들이 즐비한 세상이다. 자기 신뢰가 갖춰진 사람은 자신만의 진정성(Authenticity)

을 갖춘 사람이다. 그런 사람이 되는 것이 나라는 인간의 생애적 목표가 되어야 한다.

❺ 기버(giver)

① 티끌 모아 부자가 된다는 환상

돈을 악착같이 모으면서 누구에게도 쓰지 않는 게 부자가 된다고 생각하는 건 매스컴이 낳은 큰 착각 중 하나이다. 흔히 드라마나 영화에서 부자들은 가난한 사람들에게 돈을 한 푼도 쓰고 싶지 않아 발버둥 치곤 한다. 하지만 이는 편협한 시선이 낳은 큰 착각 중 하나다. 실제로 많은 부자는 타인에게 베푸는 모습을 자주 보인다. 심지어 자신이 노력해서 가진 것을 노력하지 않은 자에게까지도 나눠주는 행동을 보인다. 심지어 형태도 다양해서 충분한 마음을 상대방에게 베풀기도 하고 금전적인 부분, 공간까지 다양한 방식을 베푼다. 이들은 왜 이러는 걸까?

아마 우리 대다수는 자신이 가진 것을 남에게 베푸는 것을 많이 아까워할 것이다. 자신이 어렵게 얻은 걸 남은 쉽게 획득하게 된다는 생각이 편협한 마음을 만드는 것이다. 하지만 부자들은 단순 어렵게 얻은 것을 손쉽게 내어놓는 개념으로 베푸는 것이 아니다. 이는 또 다른 어려운 것을 얻는 것과 같은 의미기도 하다. 이들은 베풂의 진정한 의미를 알고 있다. 베푸는 것은 보이지 않는 가치를 창출해내는 것이며 이러한 가치는 사실상 돈을 버는 이치와 같은 것이다. 많은 사람은 눈에 보이는 것을 손에 쥐려고 한다. 하지만 진정한 가치는 눈에 보이지 않는 것에서 나온다. 진정 부자들은 부의 핵심 가치가 바로 보이지 않는 곳에 있다는 사실을 너무나도 잘 알고 있다.

② 보이지 않는 가치의 힘을 느껴라

한 발짝 더 깊이 들어가 보자. 부자들은 왜 베푸는 것을 부의 핵심 가치로 뽑았을까. 나에게 일어났던 개인적인 에피소드 한 가지를 이야기하고 싶다. 처음 인스타그램을 통해 브랜딩을 만들어가는 과정에서 나는 한 가지 부족한 점을 발견했다. 그것은 내가 아무리 고객을 이해하려고 해도, 좋은 마음을 가지고 사람들을 도와주려고 해도 도울 수 없는 것 같다는 느낌이었다. 내 이야기를 듣고 싶어 하는 사람들이 누군지 알 수도 없었고 그들을 어떻게 도와줘야 할지도 몰랐다. 그러던 중 한두 명의 인스타그램 친구와 연결되기 시작했고 DM을 통해 대화를 나누다 결국 카페에서 만나게 되었다. 의외였다. 만난 사람들은 생각보다 진솔한 마음으로 자신의 고민을 털어놨고, 나는 그들의 이야기를 겸손하게 들으면서 내가 생각하는 해결책을 나누기 시작했다. 많은 사람이 뭐 하러 그렇게까지 하냐고 이야기했다. 엄청난 시간 낭비라고도 이야기했고, 그렇게까지 하는 것이 대단하다고 말하는 사람도 있었다. 돌이켜 생각해 보니 고민이 있는 사람과 직접 만나 소통하는 것은 나의 인스타그램 계정의 성장뿐만 아니라 나의 개인적인 성장 그리고 사람들의 어려운 마음을 이해하는 데 많은 도움을 얻는 시간이었다. 여기서 나는 '보이지 않는 가치의 힘'을 깨달았다. 나에게 상담을 받았던 사람들은 대부분 나에게 고마운 마음을 느끼기 시작했고 그 사람들은 점점 불어나기 시작했다. 진심이 담긴 상담을 받은 사람들은 나에 대한 좋은 이야기를 주변에 전하기 시작했다. 결국, 내가 첫 책을 출간했을 때 많은 사람이 책을 구매하고, 추천하며, 사랑하는 광경을 목격하게 되었다.

'보이지 않는 가치의 힘'이라는 것은, 결국 세상에 없던 긍정적인 감정이나 편리함을 만들어내는 행위를 말한다. 어려운 사람을 도와준 적이 있는가? 고민이 있는 사람들의 이야기를 진심으로 들어 준 적이 있는가? 그것은 모두 가치를 창출하는 일이다. 사람들은 당신을 향한 고마운 마음 때문에 이내 곧 당신을 위한 무언가를 해주고 싶어 할 것이다. 이것이 바로 보이지 않는 가치를 창출하는 시혜성이다.

③ 자칭 기버가 아닌 진짜 기버가 되자

한편으로는 굉장히 아쉬운 마음이 많이 드는 요즘이다. 사람들이 기버(giver)에 대해서 쉽게 이야기하기 시작했기 때문이다. 기버(giver)라는 단어를 사용할수록 사람들이 더 환호하는 것을 보며, 자칭 기버(giver)라고 말하는 사람이 굉장히 많이 생겼다고 생각한다. 진정한 기버(giver), 즉 베푸는 사람은 굳이 스스로의 행위를 드러내지 않고도 베푸는 일을 꾸준히 실천하는 사람이다. 당장 사람들이 알아주지 않아도 좋은 마음을 품고 사람들을 도와줄 수 있는 사람, 스스로 명명하지 않아도 사람들이 기버(giver)를 향해 고마움을 표하게 되는 것, 그 사람이 바로 진짜 기버(giver)인 것이다.

진정한 기버(giver)가 되는 위해 우리는 타인을 향한 선한 마음씨를 먼저 품어야 한다. 선한 마음이란 갑작스러운 결심만으로 생겨나는 것이 아니다. 나의 이해와는 상관없이 타인을 도와준 후 느껴지는 뿌듯함, 내가 하는 작은 행동이 긍정적인 영향력이 되어 누군가의 불편함을 해소한 순간들, 사람들의 힘든 마음에 위로를 건네고 인생의 작은 희망과 불씨를 건네는 노력, 이 모든 것들이 쌓여 나의 내면이 조금씩 다듬어질 때 비로소 마음에 자리를 잡고 생겨나는 것이다. 작은 성공이 큰 성공을 불러오는 것처럼 일상의 작은 선행이 나를 진정한 기버(giver)로 만들어 준다.

❻ 매일 성장

① 소유로 자랑하지 말고, 성장으로 자랑하자

워런 버핏도 매일 책을 읽는다. 그렇게 이미 가질 만큼 가진 사람도 매일 성장을 위해 책을 놓지 않는 것이다. '매일 성장'이란 말을 들으면 머리가 아플 수도 있을 것이다. 그도 그럴 것이 사람이라면 잠시 멈출 수도 있다고 생각하기 때문이다. 하지만 멈추고 물러날 수도 있다고 믿는 것은 자기 합리화에 불가하다. 내가 실패하지 않았고 후진한 것에 대한 자신의 합리화와 안도감을 얻고 싶은 마음 아닌가. 우린 누구도 멈추거나 인생에서 뒤로 물러서길 바라지 않는다. 그리고 우리는 얼마든 그러지 않을 수 있다. 아주 작은 습관만 들일 수 있다면 말이다.

하루아침에 이루어지지 않는 거대한 목표를 가지고 끝이 보이지 않는 길을 걷는 일은 바람직하지 않다. 거대한 목표를 이루기 전까지 당신은 주눅 들고, 우울감을 느끼고, 다른 작은 성취를 얻는 주변 사람들과 자신을 끊임없이 비교하게 될 것이다. 성취감은 그 자체만으로 사람을 성장시킨다. 매일매일 작은 목표를 설정하고 이루자. 규칙적으로 식사하는 것, 몸에 나쁜 습관을 조금씩 줄여나가는 것, 잠을 조금 덜 자는 것처럼 아주 사소한 것이어도 좋다. 당신은 스스로에게 동기를 부여하고 앞으로 나아가는 방법을 배울 것이다.

② 진짜 1%는 허황한 99%보다 가치가 있다

페이서스코리아의 핵심 가치 중 하나는 '매일 1%의 성장'이다. 왜 하필 매일 1%의 성장을 페이서스의 핵심 가치로 뽑았을까? 이유는 간단하다. 진짜 1%는 허황한 99%보다 가치 있기 때문이다.

대부분 사람은 성공이나 성장에 관해 이야기하면 뭔가 대단하고 많은 것을 해내야 한다고 생각한다. 야심 차게 촘촘한 계획을 세우고, 장기간 실행해야만 성공할 수 있다는 큰 부담을 느낀다. 그리고 계획대로 실천하지 않는 나를 향한 질책을 반복한다. 심지어는 이러한 악순환의 고리를 알면서도 쉽게 끊거나 바꾸지 않고 원래 내가 그렇다는 만성적인 태도로 변화한다.

매일 1% 성장이 중요한 것이다. 핵심은 이것이다. 큰 부담을 느끼지 않되 꾸준히 성장을 지향하는 태도. 원래 그렇다는 시니컬하고 부정적인 생각을 버리고, 스스로의 가능성을 북돋아 주는 주체적인 삶. 이것이 매일 1%의 성장이 의미하는 것이다. 어제보다 책을 한 페이지 더 읽는 것, 어제보다 5분 더 운동하는 것, 정리하지 않았던 방을 오늘 정리하는 것, 어제 개지 않았던 이불을 오늘은 정리하는 것. 아주 작은 1%의 변화가 바로 1%의 성장을 의미한다. 중요하고도 놀라운 소식은, 매일 1%의 성장은 복리가 붙는 확실한 투자로, 1년 후 37배까지 성장한다는 사실이다. 연초보다 37배 성장할 수 있다면 아마 모든 사람이 어마어마한 속도로 인생을 바꿔나갈 수 있지 않을까? 흔히들 이야기하는 '사람은 쉽게 바뀌지 않는다'라는 말이 더는 통용되지 않을지도 모른다. 하지만 매일 1% 성장이 이토록 쉬움에도 불구하고 사람들이 삶을 바꾸지 못하는 이유는 도대체 무엇일까?

자주 인용하는 저명한 동기부여 강연가인 짐 론(Jim Rohn)이 말하길

"성공하는 것은 쉽다. 하지만 많은 사람이 성공하지 못하는 것은, 성공하지 않는 것 또한 쉽기 때문이다."

1년에 37배로 성장할 수 있음에도 성과를 경험하지 못하는 사람들의 이유는 간단하다. 1%의 성장을 실천하다가 중간에 멈추기 때문이다. '잠깐 쉬어도 돼, 하루쯤은 그럴 수도 있지, 압박 느끼는 게 더 나빠, 꾸준히 하는 사람이 대단한 거야, 나는 그럴 힘이 없어, 사는 게 원래 다 그렇지.' 이 중 스스로를 위한 합리화에 사용했던 말이 있는가? 이는 곧 성장을 멈추는 바이러스를 내 인생에 끌어오는 것이다. 더 직접적으로 표현하자면, 복리가 붙고 있던 투자금 전부를 회수하지 못한 채 그대로 잃어버리는 것과 같다.

③ 정체란 없다, 퇴보만 있을 뿐

흔히 사람들은 '정체'라는 단어를 통해 '지금 당장 성장하지 않을지라도 정체하고 있는 것'이라고 생각한다. 이제까지 쌓아온 것들이 그대로 유지가 된다고 믿는 것이다. 하지만 실제는 그렇지 않다. 성장하지 않으면 퇴보하고 있는 것이다. 잔혹한 말처럼 들릴지라도 어쩔 수 없다. 마치 기계가 멈추면 눈에 보이지 않는 녹이 슬듯이, 흐르는 물이 고이면 이끼가 생기듯 우리의 인생도 그와 같은 원리다. 앞서 소개했던 링컨의 명언, '나는 천천히 전진한다, 하지만 뒤로 퇴보하지 않는다.'라는 말은 결국 링컨이 매일 꾸준한 성장을 통해서 자신의 인생 혹은 나라를 위한 큰 업적을 이뤄냈음을 알 수 있다. 당신에게 꿈이 있다면, 그 꿈이 당장이라도 이룰 수 있는 작은 것이 아니라면, 심지어 내 인생을 크게 바꾸고 싶은 큰 꿈이라면, 우리는 매일 꾸준한 성장을 절대 멈춰서는 안 된다.

페이서스코리아라는 브랜드를 운영하기 전 나는 전문 영어 교사로 일했다. 그 때문에 매일 꾸준한 성장에 대해 크게 공감하는 경험이 잦았던 편이다. 다른 과목과 다르게 영어는 언어다. 언어는 문화이고, 문화는 곧 생활이다. 매일 꾸준히 사용하지 않는다면 절대 일정 수준 이상으로는 발전할 수 없는 것이다. 우리가 새로운 것을 배웠을 때 40분이 지나고 나면 약 80%가 사라진다고 한다. 따라서 자연적으로 사라지는 기억을 붙잡기 위해서는 매일의 복습이 필수적이다. 배움의 주기가 길면 길수록 기억은 더 많이 휘발될 수밖에 없고, 결국에는 배웠던 것도 처음부터 새롭게 배워야 하는 상황에 도달하게 된다. 심지어 안 좋은 습관만 남아 더 어려운 경우도 태반이다.

매일, 꾸준히, 작은 걸음의 성장을 몸으로 익혀 버리자. 밥을 먹지 않으면 배가 고픈 것처럼, 매일의 성장을 위한 실천이 결여되면 허기를 느끼는 게 당연하다고 여기자. 어제보다 한 걸음 더 전진하는 것을 당연한 것으로 생각하자. 우리의 몸과 마음이 매일 성장하는 것을 당연하게 생각하지 않으면, 하루하루가 성장을 위한 투쟁으로 변하게 될 것이다. 이는 너무 고통스럽다. 당신이 생각하는 성공적인 삶이 곧 고통으로 연상되는 이유가 바로 이 때문이다. 스스로가 속아 넘어갈 정도로 성공하는 마인드셋을 신속하게 장착하기를 바란다. 의식하지 않아도 지속해서 성장할 수 있는 성장 시스템을 인생에 설치하자.

⑦ 자기교육

① 자기교육의 부재는 도태를 의미한다

당신의 지식이 학교에 다니던 수준에 머물러있다면 지금의 초등학생보다 뒤처져 있다고 생각해야 한다. 미래는 매일 발전한다. 휴대폰은 1년도 안 되어 구형이 되고, 기술을 점점 더 발전해 세상에 없는 새로운 무언갈 창조해내고 있다. 새로운 무언가는 가치를 창조해내고, 결국 이는 성공을 만들어낸다. 그렇게 세상은 새로움을 주도하는 자를 선두에 두고 나아가게 된다. 우리 중엔 선두에 서지 못한 채 끌려가는 사람들이 대부분이다. 허나 끌려가지도 못한 채 낙오하는 사람들도 상당수 존재한다. 바로 자기교육을 소홀히 한 사람들이다. 변화하는 사회와 새로운 정보 값에 교육을 통해 나아가지 못하고 학교에서 배운 것을 지식의 전부라 믿는다. 본인이 뒤처지는 것으로 생각하지 못한 채 성공은 바라는 모습만 보인다. 우리는 이들을 보며 바보라고 부르기도 하고 또 한편으론 꼰대라 부르기도 한다. 미래지식과 발맞춰 걷지 않는다면 당신의 발전은 반드시 멈추게 된다. 그렇다고 과거의 모든 것을 무시해서도 안 된다. 자기교육은 반드시 과거와 미래를 함께 나아가야 한다는 점에서 어렵고 그래서 더 많은 노력이 필요한 것이다.

② 부진아로 살아온 20년의 인생

자기교육이 진정 의미하는 것은 무엇일까? 이는 나의 과거를 이야기하지 않고는 설명하기 어렵다.

어릴 적 나는 공부하는 법을 잘 몰랐다. 다른 학생들에 비해 학교에 적응하는 것도 느렸고, 선생님의 말씀을 들어도 잘 이해하지 못했다. 그래서인지 초등학교 때부터 중학교, 심지어 고등학교 때까지 학교에서 공부를 잘하는, 일명 모범생이 되기가 가장 어렵다고 생각했다. 공부라는 것은 타고난 재능을 가진 소수의 사람만 성취할 수 있는 일종의 타이틀이라고만 생각했다.

스무 살이 된 나는, 한 사람의 이야기를 듣고 왜 그동안 공부에 흥미를 느끼지 못했는지에 대해 크게 깨닫게 되었다. 돌이켜 생각해 보면 첫 번째로는 교육의 본질을 이해하지 못했고, 두 번째로는 그 교육이 나의 인생에 어떤 도움이 될 수 있다는 이해가 전무 했기 때문이며, 세 번째로는 주체적인 생각이 없이 무작정 시키는 것을 해야 하니 당연히 하기 싫었던 것이다. 초등학교 때부터 고등학교까지 장장 12년에 이르는 동안, 아무도 나에게 교육의 중요성과 학습을 통해 인생이 어떻게 달라질 수 있는지를 올바르게 설명해 준 사람이 없었다. 그래서 스무 살이 지나고 대학을 졸업한 후, 사회에 나왔을 때야 비로소 나는 훨씬 더 자유롭게 다양한 교육을 주체적으로 학습하기 시작했다.

나는 즉각적인 것을 원했다. 바로 적용할 수 있어야 한다고 생각했으며 또 그것이 즐거워야 했다. 주체적인 자기교육 효과는 엄청났다. 공백과도 같던 12년이 채워지는 것을 경험하였고, 스스로 선택한 교육의 효과는 항상 생각했던 것 이상이었다.

공부는 재밌어야 한다고 말하면 많은 사람들이 동의하지 않을 것이라는 걸 안다. 왜냐하면, 나도 어른들로부터 '원래 공부는 힘든 거야, 힘든 걸 참고 해야 발전하는 거야.'와 같은 이야기를 수도 없이 들었기 때문이다. 재밌는 일을 하고 싶다, 좋아하는 일을 하고 싶다고 말을 했을 때 가장 많이 들었던 말은 '살면서 어떻게 좋아하는 일만 할 수 있어.'라는 말이었다. 물론 옳은 측면이 있지만, 그 말로 인해 나는 일이라는 것은 힘든 것이고, 교육이라는 것은 고통스러운 것이며, 좋아하는 것에 몰두하는 것은 시간 낭비이자 이상한 행동이라는 관점을 가지게 되었다. 하지만 이제는 경험을 기반하여 자신 있게 말할 수 있다. 공부는 재미있어야 한다. 내가 선택한 공부는 힘들어도 재미있다. 그리고 재미있는 공부의 효과는 이제까지 당신의 학습 수준을 뛰어넘을 것이다.

③ 주체적인 자기교육만이 해결책이 된다

그렇다면 주체적인 자기교육이란 무엇일까? 학교를 벗어나 성인이 되어, 돈을 지불하고 강의를 선택하여 수강하는 것이 주체적 자기교육을 말하는 것일까?

내 주변을 돌아보면 대부분 취업 전까지는 자기교육에 힘을 쓴다. 하지만 취업 후에는 많은 사람이 자기교육을 멈춘다. 어찌 보면 당연한 이야기이다. 그 또한 취업을 위한 수동적인 교육이었기 때문이다. 마치 해방 선언과도 같다. 지긋지긋한 강요된 교육에서 벗어나는 것이다. 초등학교 때부터 대학교를 지나 취준생 시절이 취업이라는 하나의 마침표를 향해 달려온 것. 그러나 모두가 알듯이 취업이 마침표일 리 만무하다. 곧 우리는 수동적인 배움의 습관에 따라 고통스러운 자기교육을 반복하게 된다. 이때부터 말버릇처럼 말하기 시작하는 것이 있다.

"일은 원래 힘들어."

"어떻게 좋아하는 일만 할 수 있어."

"힘들어도 도태되기 싫으면 배워야지."

물론 코로나 19 팬데믹 이후로 세상이 일부 바뀌면서, 자기 계발 시장이 많이 확장되고 그로 인해 배움의 중요성이 많이 강조되기 시작했다. 퍼스널 브랜딩, 갓생살기 같은 말에 사람들이 유행처럼 자기 계발을 하는 것이다. 하지만 이 또한 남들이 좋다고 하는 교육, 남들이 많이 배운다니까 불안감에 하는 교육, 유행이나 과시의 수단으로 선택하는 현상이 곧잘 발견되고 있다. 다양한 분야의 교육 시장은 점점 커지고 있지만, 효과를 보는 사람들이 적은 이유가 바로 이 때문이다. 바로, 수동적인 교육 습관에서 벗어나지 못한 것이다.

반발의 말을 무릅쓰고서라도 말하고 싶다. 나는 당신이 이제까지 받았던 수동적인 교육을 모두 잊어버리길 바란다. 당신이 스스로 원하지 않아서 받아야만 했던 교육도 모두 잊어버리길 바란다. 물론 이제까지 받았던 교육이 현재 당신의 직업이 되고, 현재 당신이 하는 일에 크게 도움이 되고 있다는 사실을 부정하는 것이 아니다. 하지만 지금까지 받았던 교육이 수동적이자 외부의 기준에 맞춰 있었다면, 앞으로의 인생에서는 당신이 스스로 배움을 선택하기를 바란다. 주체적인 자기교육을 통해 변화를 끌어내는 시도가 반드시 필요하다는 이야기다.

학교를 벗어나거나 자비를 지불하는 것이 주체성을 의미하지 않는다. 교육은 꾸준한 것이다. 배움은 평생이라고 하지 않는가. 당신의 바람과는 상관없이 주체적으로 실행하는 꾸준한 자기교육이 당신을 제대로 성장하게 만들 것이다. 같은 것을 배워도 제대로 효과를 내는 사람과 그렇지 못한 사람이 존재한다. 이것은 누군가는 뛰어나고 똑똑해서가 아니다. 어린 시절의 내가 타고난 재능을 가진 소수의 사람만 성취할 수 있는 일종의 타이틀이라고 체념한 채 그대로 살았다면, 당신은 이 책을 읽고 있지 않았을 것이다. 어떤 사람이 빈부격차를 뼈저리게 경험하며 가난하게 살고 싶을까? 이는 단순히 돈에 관한 이야기가 아니다. 우리가 변화에 반응하고, 적응하며, 소득의 격차를 줄일 방법은 끝없이 학습하고자 하는 태도이다. 당신이 원하는 인생의 요소들을 얻고 싶은가? 그렇다면 주체적인 자기교육은 필수적이다. 당신은 무엇을 배우고 싶은가?

④ 무엇을 교육받을지 선택하기 전에, 어떻게 살 것인지 그려보자

이제 나를 위한 진짜 자기교육을 발견하는 방법을 나누고자 한다. 단순하게 배우고 싶은 것을 골라서 시작하는 것도 좋지만 그보다는 좀 더 다른 관점의 접근이 필요하다. 바로 내가 살고 싶은 라이프 스타일을 먼저 생각하는 것이다.

1년 만에 10만 명의 인스타그램 팔로워를 만들면서 내가 가장 많이 받았던 질문은 '왜 인스타그램을 시작했나요?'였다. 이유는 간단하다. 내가 미래의 원했던 라이프 스타일은 시간과 공간에 제약받지 않는 자유로운 환경에서 살아가는 것이었다. 회사 책상에 무조건 앉아야만 하거나 특정 국가에 무조건 머물러야만 하는 것을 원치 않았다. 사업적인 전략이나 구상은 그다음이었다. 내가 꿈꾸고 추구하는 라이프 스타일을 이뤄내기 위한 첫 번째 선택으로 SNS에 발을 들여놓은 것이다.

그동안 당신이 원하는 라이프 스타일을 생각해 본 적이 없다면 이번이 좋은 기회가 될 것이다. 구체적으로 생각하고, 구체적으로 상상해야 한다. 어떤 라이프 스타일이 당신의 삶의 만족도를 높여줄 것 같은가? 어떤 공간에서, 어떤 방식으로 당신은 가장 행복한 인생을 살고 있을 것인가? 방의 크기와 가구들의 소재, 보이는 풍경과 들려오는 소리 등 오감을 다 충족시킬 하나의 방을 상상하는 것도 하나의 방법이다. 내가 진정으로 원하는 것을 깊게 생각하기는 쉽지 않다. 단번에 궁극적인 답을 내리겠다고 생각할 필요는 없다. 우리가 원하는 라이프 스타일은, 많은 것들을 성취해 나감에 따라 변화하고, 발전하고, 진화하게 될 것이다. 따라서 가까운 시일에 내가 도달하고 싶은 나의 모습을 상상하자. 그리고 그 모습을 이루기 위해서 부족한 점을 이해하고 채워야 할 부분을 찾아보길 바란다. 그게 바로 지금 선택해야 하는 주체적인 자기교육의 분야이다.

❽ 경험적 가치

1) 지식적 가치의 하락, 경험적 가치의 상승

지식이 큰 재산이라 믿고 책상 앞에만 있다만 큰 낭패를 볼 수 있는 세상이다. 메가스터디의 손주은 사장은 강연에서 "이 시대에 지식은 더 이상 큰 가치를 지니지 않는 사회가 될 것이다"라고 말했다. 대한민국 사교육 시장에 큰 획을 그었던 사람이자 지식을 판매하고 있는 대표적인 기업인 '메가스터디' 사장이 한 이 말은 상당히 충격적일 수밖에 없다. 하지만 손주은 사장의 말은 상당히 단호했고 확신에 가득 차 있었으며 실제 '메가스터디'가 시장 매물로 등장하면서 세상의 지식을 다른 방향으로 바라볼 기회가 생겼다. 손주은 사장은 덧붙여 이렇게 말했다.

"진짜 가치를 지니는 것은 지식이 아니라 경험이 될 것이다."

유튜브는 사실상 현 시장을 지배하고 있다고 해도 무관할 정도다. 남녀노소 할 것 없이 유튜브를 보지 않은 인구를 찾기 힘든 세상이고, 기존엔 특정 몇 명만이 제작하던 콘텐츠들의 수준 또한 대학교수, 박사 등등이 직접 콘텐츠를 만들고 계정을 운영하기 시작하면서 새로운 전환점을 맞이하게 되었다. 심지어 대한민국을 대표하는 검색사이트인 '네이버'보다 유튜브에서 정보를 검색해서 파악하는 사람이 늘어나는 추세다.

만약 당신이 양자역학이 무엇인지에 대해 궁금증이 생겼다고 가정해보자. 기존엔 양자역학은 전공자들이나 과학자들이 수년을 들여 공부해야만 이해할 수 있는 영역이었다. 하지만 이제 양자역학은 유튜브를 통해서 보면 단 10분이면 이해할 수 있을 만큼 정보가 공유되고 있다. 물론 10분만으로 과학자들이 연구하고 있는 것만큼의 양자역학을 알 수는 없을 것이다. 하지만 기존에 두꺼운 책을 펼치지 않는다면 접근하기 힘들었던 양자역학이란 지식조차도 이젠 누구나 쉽게 이해하며 세상을 살아갈 수 있게 됐다.

2) 경험이 차이를 만든다 그리고 안 좋은 경험이란 없다

세상에 불필요한 경험은 없다. 경험은 당신이 누군가와 특별한 차이점을 만드는 것에 가장 큰 영향을 끼친다. 누군가는 경험을 자신에게 이익이 되는 쪽으로만 취하려는 사람들이 있다. 이는 굉장히 바보 같은 생각이다. 스티브 잡스는 자신이 폰트를 만들게 될지 모른 채 캘리그라피 수업을 들었었다. 그저 경험해보고 싶은 호기심 때문이었고 이는 애플이라는 회사가 가진 디자인적 정신과 현 사회에 다양한 폰트를 활용할 수 있게 했다는 점에서 크게 기여했다. 이 세상이 불필요한 경험은 없다. 그리고 나에게 무엇이 도움이 되는지 아무도 모른다. 회사를 망했더라도 경영적 실패의 경험은 당신의 큰 재산이 된다. 친구와의 관계 저하는 다음 관계를 더욱 발전적으로 만들 수 있는 좋은 원동력이 된다. 만약 당신이 지금 현실에 대해 고민만 하고 있다면 앞으로도 현재만 바라보며 살 수밖에 없다. 당신은 지금 미래를 준비해야 한다. 발전은 당신을 어디론가 이끌 것이고 미래의 그 어딘가는 그 누구도 알 수 없다. 스티브 잡스가 폰트를 개발하리라 생각하지 못했던 것처럼 말이다.

손주은 사장의 말처럼 지식으로 다 해결할 수 없는 것이 바로 특별한 경험이다. 인터넷을 통해 지식을 얻을 순 있지만 실제로 그것을 경험해볼 수 있는 사람은 극히 일부에 불가하다. 더 많은 경험이야말로 사람들 사이에서 우위를 점할 수 있는 가장 중요한 요소이다. 사람들은 경험하는 것에 소극적인 경향이 있다. 귀찮아서 일 수도 있고, 인터넷을 통해 접하는 것과 실제로 보는 것이 얼마나 큰 차이가 있냐는 의문이 들기도 할 것이다. 전에 한 지인을 통해 경험하는 것에 대한 큰 호기심이 든 적이 있었다. 그는 평소 샤갈의 작품을 좋아했지만, 한국에서 실제 샤갈의 작품을 전시하는 전시가 열린다는 사실을 알고도 딱히 갈 생각을 하지 못했었다. 샤갈 그림을 좋아하는 것은 맞지만 지방에서 서울까지 꽤 먼 거리를 이동할 생각에 귀찮기도 하고 당시 일이 바빠 피로한 상태였다는 것이 그의 말이었다. 그러던 어느 날, 샤갈전을 다녀온 지인이 너무나도 특별한 경험이었고 실제로 보는 것과 인터넷으로 보는 것이 큰 차이가 있었다는 말에 속는 셈 치고 전시회를 보러 간 그는 그곳에서 벌어지는 입을 쉽사리 닫기 힘들었다고 한다. 실제로 경험해본 샤갈의 작품은 사진이 담을 수 없을 만큼 너무나도 위대했고 아름다웠다는 것이다. 이렇듯, 모두가 사진으로 샤갈을 설명할 때 경험해본 것을 통해 샤갈을 설명하는 것은 당신을 더욱 특별한 존재로 보이게 만들 것이다. 경험은 오감으로 느끼고 기억할 수 있기 때문이다.

❾ 관계

1) 좋은 관계는 곧 삶의 만족감, 행복과 직결된다

혼자서 잘 살 수 있는 사람은 없다. 그건 헛소리다. 인간은 사회적 동물이다. 이 말인즉슨, 당신이 사회구성원으로서 사람들과의 관계는 삶의 만족도와 직결된다는 점이다. 쉽게 말해서 우리는 '사회'라는 정글을 살아가고 있으며 사회 없이 당신의 존재를 이해하기는 쉽지 않다. 당신은 아마도 사회 속에서 어떤 존재로 해석되지 않는가. 그리고 그 사회를 구성하는 것은 결국 그 안을 살아가는 사회구성원이다. 그래서 우리는 이 구성원들과 끊임없이 관계를 맺으며 살아간다. 다시 말하지만, 그것이 사회의 구성 방식이다. 그렇기에 우리는 사람들 사이에서 좋은 관계를 맺길 바란다. 그리고 누군가에게 이는 최대 관심사이자 해결해야 할 문제로 다가오기도 한다. 그만큼 누군가와 좋은 관계를 맺는 것은 당신이 삶에 도움을 주고받는 측면에서도, 또 신경 쓰이는 일을 줄이고 행복감을 느낄 수 있다는 점에서도 매우 중요하다. 우리는 관계에서 벗어날 수 없다. 그래서 보다 냉정하게 판단해야 한다. 벗어날 수 없으면 그것을 인정하고 제대로 활용할 방법을 찾아야지 자꾸만 외면해선 안 된다. 그것이 당신 삶의 만족감과 행복을 이끌 것이기 때문이다.

2) 좋은 관계를 만드는 4가지 원칙

① 상대가 원하는 것을 제공한다

먼저 상대를 잘 파악해야 한다. 만나기 전부터 상대가 어떤 사람인지, 어떤 생각을 하는 사람인지 정도는 알 수 있을 만큼은 파악하고 가는 것이 좋다. 최근 SNS의 발달은 이를 더욱 쉽게 해준다. 그 안에 있는 게시물만 봐도 이 사람의 취향이 어떤지를 손쉽게 알 수 있는 세상이다. SNS가 없다면 카카오톡 프로필을 봐도 되고 더 나아가 그 사람의 다른 흔적을 찾거나 아는 사람과 미리 사전에 연락을 취해 정보를 얻을 수도 있다. 방법은 다양하다. 하지만 단순히 귀찮아서 하지 않을 뿐이다. 20분만 투자해도 충분히 얻을 수 있는 정보인데도 말이다.

이렇게 상대에 대해서 많이 알고 간 사람은 상대가 무엇을 원하는지 좀 더 손쉽게 접근할 수 있다. 그 사람의 취향은 결국 그 사람만의 언어나 표현 방식을 만들어내고, 그 안에서 우리는 그 사람이 원하는 것에 대해 조금 더 빨리 접근할 수 있기 때문이다. 결국, 상대의 니즈를 빨리 캐치하는 사람이야말로 상대가 원하는 것을 더욱더 빨리 제공할 수 있게 된다. 대화를 통해서 상대가 원하는 것을 빨리 이해하고 제공하는 것이야말로 서로 대화가 잘 통한다고 느끼게 할 수 있는 가장 중요한 방법이다.

② 중요한 사람일수록 깊게 소통하라

가장 중요한 것은 중요한 사람과 꾸준히 소통할 수 있어야 한다는 점이다. 무조건 물리적인 시간이 중요한 것은 아니다. 중요한 것은 한번 대화할 때 어떤 이야기를 나누냐는 것이다. 가장 좋은 대화는 깊은 소통을 하는 것이며 이는 당신에게 중요한 사람일수록 더욱 중요하다. 간혹 우린 중요한 사람일수록 그 사람과의 소통을 소홀히 하는 편이 있다. 새로운 사람과의 관계를 신경 쓰다 보니 벌어지는 것이다. 그렇다고 중요한 사람만 신경 쓴다고 새로운 사람과의 소통을 줄일 순 없다. 어떤 사람이 당신의 인생에 더 중요하고 중요하지 않은지를 판단하는 것은 쉽지 않기 때문이다. 깊은 대화를 나누게 되면 짧은 시간을 보내더라도 상대방에게 풍부한 대화를 나눈 기분을 느끼게 해줄 수 있으며, 상대방이 나에게 마음의 문을 열고 생각과 가치를 공유한다는 점에서 대화의 만족도를 더욱 높이는 힘을 갖게 만든다. 이렇게 먼저 깊은 소통을 시도했을 때 상대방도 마음을 문을 열어 내면의 이야기를 꺼내기 시작한다면 당신도 상대방에 대해 더욱 알게 되는 것이 많아지는 효과까지 누릴 수 있다. 여기서 가장 중요한 점은 양질의 대화를 위해 본인 스스로가 깊이 있는 생각과 고민을 다방면으로 할 수 있어야 한다는 점이다. 깊이 있는 대화는 손쉽게 스킬 몇 번으로 발생하는 것이 아니다. 끊임없는 준비와 노력을 통해 이를 가능하게 만든다는 점을 잊지 말아야 한다.

③ 먼저 연락하고 소소한 선물을 해라

먼저 연락하는 것을 두려워하지 마라. 중요한 사람이지만 너무 오랜 시간 연락하지 못해 부담스럽다면 간단한 선물을 보내면서 대화를 걸어보자. 대단한 뭔가를 보낼 필요도 없다. 너무 비싼 걸 보내면 오히려 상대방이 대화에 부담을 느낄 가능성이 크다. 간단한 커피 기프티콘 한 잔이면 충분하다. 그 이상을 가면 과해진다. 속물처럼 보인다고 생각하는가? 사람은 생각보다 선물 앞에선 마음이 더 쉽게 열리게 되고, 당신이 상대와의 소통을 놓치지 않기 위해 이 정도의 노력도 할 수 없다면 그게 더 문제이다. 자신감을 가져라. 누구도 당신을 그렇게 어렵게 대하지 않을 것이다. 생각보다 대화를 망설이는 사람이 자주 보인다. 업무 관련해서 물어볼 것이 있는데도 연락하지 않고 혼자 끙끙 앓는 사람들이 있다. 왜 연락하지 않았냐고 물어보면 '바쁘실 것 같아서 하지 못했어요'라고 말한다. 상당히 황당한 말이다. 특히 업무차 생긴 의문점은 그때그때 해결할 수 있게 질문하는 것이 일의 능률에 있어 나에게도 필요한 일이다. 나는 이런 상황들을 통해 꽤 많은 사람이 먼저 연락하는 것을 두려워한다는 사실을 알게 되었다. 그래서 꼭 말해주고 싶다. 절대 두려워하지 말고 쉽게 생각하라고. 생각보다 상대방은 당신이 전해주는 꾸준한 관심을 크게 두려워하지 않는다. 오히려 먼저 손을 내밀어주는 것이 상대방의 가치를 더욱 높여주는 일인 것이다.

④ 필요하다면 사용 설명서를 만들어라

관계를 맺는 방법을 잘 모르겠다면 스스로 적고 정리해서 방법을 익혀라. 관계란 결국 사회성 없는 사람에게 사회성을 가르치는 것과 다르지 않다. 만약 타인과의 관계를 지속하는 일에 서툴다면, 누군가에게 들었을 때 기분이 좋았던 말과 행동을 메모하고 타인에게 실행해라. 고마움이나 미안한 감정을 타인에게 표현해라. 당신은 중요한 관계에 힘을 쏟는 방법을 이미 경험으로 알고 있다. 단지 지금까지 받아온 경험을 타인에게 실행하는 데에 인색하거나 게을렀을 뿐이다. 메모가 쌓인다면 앞으로 관계의 사용 설명서가 되어줄 것이다. 그리고 당신이 그것을 실행할수록, 당신은 더 이상 메모할 필요가 없어질 것이다.

3) 대화할수록 깊어지는 3가지 대화 주제

① 내가 중요하다고 생각하는 인생의 가치

사람과의 관계 깊은 대화를 나눌 수 있는 가장 중요한 지점은 자신의 가치를 드러내는 방법이다. 삶의 방향이 어디로 가고 있고 어떤 의지와 생각으로 그 목표를 정했는지, 또한 자신이 가장 중요하게 생각하는 것이 무엇인지를 나누는 것이야말로 상대가 당신에 대한 신뢰와 유대감을 높일 수 있는 좋은 방안이다. 또한, 당신의 생각을 진솔히 이야기하는 것인 만큼 유연한 대화 흐름을 이끄는 것에도 큰 도움이 된다. 여기서 가장 중요한 선 조건이 있다. 결국, 가장 중요한 것은 당신이 누군가에게 일관성 있게 생각을 전할 수 있을 만큼 당신의 삶의 가치를 잘 정리하고 있어야 한다는 점이다. 자신의 가치가 정리되지 않거나 누군가에게 전달할 수 있을 만큼의 준비가 되지 않은 사람이라면 역으로 당신의 말은 헛소리로 들릴 것이며 자신의 가치에 대해 충분히 고민하지 않은 사람으로 비칠 가능성이 크다.

② 앞으로 새롭게 도전하고 싶은 일

타인과의 대화에서 '도전'이라는 단어는 당신의 가치를 더욱 드높일 수 있는 아주 좋은 주제이다. 안주하고 현실만을 논하는 사람보다 지금보다 더 높은 곳을 향해 나아가고 있는 사람이야말로 매력적으로 느껴지기 때문이다. 예시를 들어 생각해 보자. 보통 우리는 우리가 모르는 영역에 있는 새로운 사람과 대화를 나누는 것에 즐거움을 느낀다. 그 사람이 어떤 노력을 했고 어떤 도전을 하고 있는지, 그 도전의 성패가 어떻게 되었는지 굉장히 궁금할 것이다. 결국, 이는 내가 모르는 세상에 대한 호기심을 느끼게 만드는 것이다. 반대로 당신과 대화를 나누는 사람의 목표가 지금 현실에 안주하고 그대로 있는 것이라면 당신은 그 사람에게 매력을 느낄까? 그 현실은 어쩌면 상대방이 느끼고 있는 삶과 꽤 유사할 가능성이 높다. 우리는 대화 속에서 새로운 느낌을 얻었을 때 상대방에 대한 호기심이 들고 다음에 또 대화를 나누고 싶은 마음이 더 커진다. 그렇기에 당신이 도전하고 싶은 걸 정하고 그 길을 어떻게 가고 있는지 설명할 방법을 정해라. 도전의 결과가 어떻든 상대방은 당신이 가고 있는 길에 대해 큰 호기심을 가지고 귀를 열게 될 것이다.

③ 상대가 나와 공유하고 싶어 하는 주제

무엇을 이야기할지에 앞서 어떻게 잘 들을까부터 고민해야 한다. 경청만큼 좋은 대화를 이끄는 것은 없다. 상대방의 말에 귀 기울여 무슨 생각과 무엇을 이해시키고 싶은지, 무엇을 중요시하는지 파악하는 것이 중요하다. 우리는 누구나 나의 이야기를 하고 싶은 마음이 있다. 이는 당신의 이야기를 통해 상대방에게 자신의 긍정적인 모습을 어필하고 싶은 마음이 크기 때문이다. 그리고 상대가 이를 잘 이해하고 긍정적인 반응을 보인다면 큰 만족감을 느끼고 상대와 말이 잘 통한다고 생각하게 될 것이다.

그렇기에 당신은 이를 역 이용해야 한다. 상대가 당신에게 어필할 기회를 줘야 한다. 그리고 당신은 상대가 하는 말, 표정, 행동 하나하나를 잘 살피며 원하는 것이 무엇인지를 파악하고 이해할 줄 알아야 한다.

4) 관계를 돈독하게 만드는 10가지 대화법

① 대화를 하는 현재에 집중하기

우리는 몰입을 잃어가고 있다. 몰입이 없는 인생은 성과를 경험하지 못하고 인생의 소중한 것마저 놓치게 만든다. 대화와 관계 또한 마찬가지다. 대화를 하는 현재에 집중하라는 말은 그리 대단한 것이 아니다. 이 말을 들었을 때 스스로 잘못하고 있다고 느끼는 사람은 그리 많지 않을 것이다. 하지만 정말 그럴까?

우리는 항상 쪼개진 에너지로 생활하고 있다. 친구를 만날 때나 중요한 만나는 중에도 책상 위 핸드폰 알림으로 인해 대화에 지속인 방해를 받는다. 이제는 서로의 알림을 당연히 양해해 주어야만 하는 지경에 이르러 있다. 핸드폰을 보는 게 무례하다고 해서 스마트 워치로 알림만 확인한다고 한들 큰 차이가 있을까. 이런 시대이기에 우리는 더더욱 대화에 집중해야 한다. 이야기를 나눌 때 100% 집중해 주는 사람을 보기 어려워진 지금 누군가가 당신의 말에만 오롯이 집중한다면, 어떤 감정이 느껴질 것 같은가?

세계적인 뇌과학자인 짐 퀵은 그의 저서 마지막 저서에서 이렇게 말한다.

"우리는 하루에 너무 많은 정보를 처리하고 있어요. 과거와 비교해 너무 과도한 양입니다. 이러한 정보의 홍수 속에서 현명한 판단을 내리기도, 몰입하기도 쉽지 않습니다."

그뿐만 아니라 저명한 동기부여가인 짐 론도 이렇게 이야기한다.

"사람들은 현재 집중하지 않습니다. 휴가에 가서는 일을 생각하고 회사에 가서는 휴가를 생각하죠. 우리는 현재 처한 그 상황에 집중해야 합니다."

이 책을 쓰고 있는 지금의 나는, 노이즈캔슬링 헤드폰을 쓰고 외부 세계와 차단된 채로 집필하고 있다. 이처럼 현대 시대는 얼마나 많은 정보를 동시다발적으로 소화하느냐가 중요한 것이 아니다. 오히려 얼마나 효과적으로 소음과 공해를 차단하고, 달성하고자 하는 일에 몰입할 수 있는지가 훨씬 중요하다.

이러한 원리를 관계에 그대로 적용하자. 누군가를 만난다면 미리 방해금지 모드를 켜고, 연락을 받아야 하는 경우를 대비하여 빠른 답이 어렵다는 메모를 남겨두자. 핸드폰을 테이블에서 내려놓고 테이블 위에는 대화를 위한 물건만 올려두자. 그리고 상대방에게 200% 집중하자. 비언어적 표현까지 신경 쓰자. 손을 달싹거리고 핸드폰을 만지고 싶어 하는 느낌을 상대에게 전달하지 말자.

물론 친구와 있을 때 어떻게 하든 크게 상관없을지도 모른다. 뭐 그렇게까지 신경 쓰냐고 말할 수도 있다. 하지만 결국은 습관이다. 평소에 하던 습관이 중요한 자리에서도 그대로 드러나게 되는 것이다.

실제로 나는 비즈니스 미팅을 할 때 그런 사람들을 종종 본다. 중요한 자리임에도 핸드폰을 화면이 보이도록 자기 앞에 내려놓고 미팅에 임하는 사람들이다. 알림이 올 때마다 핸드폰이 환하게 켜지고 결국 대화의 몰입은 지속해서 깨지게 된다. 나는 결국 상대방에게 말한다.

"핸드폰 보셔도 괜찮습니다."

정말 괜찮긴 하다. 핸드폰을 본다고 해서 대화에 큰 지장이 생긴다고 생각하는 것은 아니기 때문이다. 일종의 배려이기도 하다. 하지만 그런 사람을 볼 때마다 장기적으로 큰일을 함께 할 수 있겠다는 신뢰가 생기지는 않는다.

따라서 중요한 상황에서 실수하지 않도록 평소 대화 습관을 가다듬자. 친구와 만나는 자리는 이러한 습관을 훈련하는데 굉장히 효과적이다. 일상은 우리에게 좋은 훈련소가 된다. 그리고 당신의 집중하는 태도가 친구와의 관계를 더 돈독하게 만들어줄 테니 손해가 될 것은 없다. 대화하는 현재에 집중하는 것, 이것이 대화의 가장 기본이 되는 제일 원칙이다.

② 올바른 몸의 자세로 대화하기

페이서스코리아 브랜드를 시작하고 한동안 무료 상담을 통해 팔로워들의 이야기를 듣고 고민을 상담했던 시기가 있었다. 그 과정에서 바르지 않은 자세를 일깨워주셨던 한 분을 여전히 기억한다. 그분과 2시간 정도 대화를 나누던 중, 문득 그분이 2시간 동안 허리를 바르게 편 채 대화하셨다는 사실을 인지했다. 그 순간 내 몸의 자세를 순간적으로 돌아보았고 잘못된 자세로 몇 년 동안 대화해왔다는 사실을 깨달았다.

거북목, 구부러진 등, 의자 끝에 걸터앉기, 만지작거리는 손까지 나의 행동에는 어느 것 하나도 품격이 느껴지지 않았다. 자세가 바르지 않으니 대화의 설득력이나 신뢰감마저 떨어져 있었다. 그 이후로 교정하려 무던히 애를 썼다. 두려운 사실은 한 달이 지나도록 바른 자세가 거의 교정되지 않았다는 점이었다. 새로운 자세는 굉장히 불편했다. 미팅하거나 대화를 할 때 바른 자세로 하려고 꾸준히 노력했지만 의외로 쉽게 고쳐지지 않았다. 마지막으로 바른 자세로 대화했던 적이 언제인가를 떠올려 봐도 생각이 나지 않았으니, 그만큼 잘못된 자세가 몸에 익숙해져 있다는 증거였다.

이런 습관은 평소에는 아무런 문제가 되지 않지만 결국 중요한 자리에서 품격을 결정하는 결정적 요소로 작용한다. 모든 사람이 완벽한 품격을 가져야 한다고 말하고 싶지는 않다. 하지만 굳이 좋지 않은 인상을 남기고 싶은 사람은 아무도 없을 것이다. 만남이 끝났을 때 좋은 사람으로 기억되고, 더 오래 보고 싶은 사람으로 기억되는 것은 아무리 생각해봐도 나에게 긍정적인 효과만 줄 뿐이다.

즉시 자세를 교정할 수 있도록 몇 가지 팁을 함께 남겨둔다. 의자에 앉는 올바른 자세는 첫째, 의자와 밀착하여 허리를 지탱하도록 앉는 것이다. 턱을 당기고 등을 곧게 펴야 한다. 등받이에 허리와 엉덩이를 밀착하여 체중을 분산시켜야 몸에 무리가 가지 않고 오랫동안 편히 앉아있을 수 있다. 둘째는 의자 높이를 적절하게 조정하는 것이다. 발바닥 전체가 편안하게 바닥에 닿는 것이 가장 적절한 높이다. 물론 카페에서는 이런 부분을 조정할 수 없겠지만, 발바닥이 바닥에 고루 닿는 편안한 자세에 신경 쓰면, 장시간 앉아있는데 분명히 도움이 된다. 익히 알고 있다시피 머리와 턱을 앞쪽으로 내밀고 몸을 앞으로 움츠린 자세는 허리와 목에 많은 무리가 간다. 대화를 한번 시작하면 1시간에서 2시간 이상을 앉아있게 되니 그만큼 올바른 자세를 생활화하는 것이 중요하다.

③ 이기적인 화법으로 대화하지 말기

이기적인 화법은 무엇을 의미할까? 결국, 자기가 원하는 대로 대화를 이끌어 가려고 하거나 자기가 하고 싶은 말만 늘어놓는 화법을 말한다. 대화는 결국 배려다. 상대방의 이야기를 들으면서 동시에 상대방이 나에게 중요한 사람이라고 느껴지도록 하고, 동시에 함께함으로써 보다 좋은 결과가 나올 것이라 걸 믿게 하는 것이다.

대화의 중요한 기본은 '함께' 만들어간다는 것이다. 반면 이기적인 화법의 사람은 과도한 감정적 호소로 말문을 막는다거나 자기가 정해놓은 의견으로 상대방을 끌어들인다. 또는 돌려 말하기를 통해 은근슬쩍 상대를 조종하려 한다. 가장 대표적인 방식 중 하나는 바로 상대방이 궁금해하지 않는 내용을 자신의 해소를 위해 끝없이 이야기하는 것이다. 이런 사람의 대화 상대가 되어 본 경험이 있다면 공감할 것이다. 대화를 끊을 수도, 멈출 수도 없는 상태가 되고, 결국 상대방의 마음이 가벼워질 때까지 기계적으로 반응해 주는 수밖에 없다. 함께 만들어가는 대화가 아니라 자신만의 목적 달성을 위한 일방적인 대화이다. 상대방을 감정 쓰레기통으로 만든다는 것이 바로 이런 모습이다. 누군가의 감정 쓰레기통 역할을 하고자 하는 사람은 없다.

따라서 상대방의 감정에 대해 조심스럽게 대하고 그 감정을 헤아리는 태도가 필요하다. 무조건 내 마음이 가벼워지고자 이야기를 쏟아 놓는 것은, 상대에게 무례할 뿐 아니라 결국 다시 만나고 싶지 않은 사람으로 남기에 나에게 좋은 결과를 남기지 못한다.

경청의 중요성에 대해 모르는 사람은 없다. 하지만 실제로 경청하는 사람은 굉장히 적다. 상대방을 배려한다는 것은, 상대방의 이야기를 충분한 수준으로 들어주고 그 내용에 공감하는 것이다. 만약 당신이 이기적인 방법을 버리고 상대방과 좋은 관계를 형성하는 올바른 대화 습관을 기르고 싶다면 질문 던지기를 훈련하자. 상대방에게 어떤 일이 있었는지, 그때 어떤 감정이었는지, 그로 인해 어떤 걸 알게 되었는지, 이후에 어떻게 다르게 행동할 것인지 물어보자. 대화를 잘하는 사람은 말을 잘하는 사람이 아니다. 대화를 잘하는 사람은 오랫동안 곁에 두고 싶은 사람이다. 대화의 목적이 내가 하고 싶은 말을 전달하는 것이라면 그 관계는 오래 지속하기 힘들다. 인생을 살아가면서 좋은 일이 연속해서 일어날 수 있지만, 한해씩 나이가 들어가면서 해야 할 일이 많아지고 힘든 일이 많아진다. 따라서 만나는 대부분 사람은 고민과 문제를 가득 안고 있을 것이다. 실제로 그렇지 않더라도 상대방의 고민을 경청하고 공감하겠다는 마음을 가지자. 그리고 상대방에게 항상 배울 점이 있다고 생각하자. 이런 마음가짐이 경청의 문을 열고, 상대방에게 올바른 질문을 던지며, 좋은 만남을 좋은 관계로 바꿔 준다.

④ 티키타카 리액션 장인이 되기

비언어적 표현이 의사소통에 많은 부분을 차지한다는 사실을 들어본 적이 있을 것이다. 실제로 우리가 말하는 대화의 내용보다 의미 없다고 생각하는 몸짓이나 표정이 더 큰 영향을 미친다는 것이다. 따라서 대화에서 좋은 인상을 전달하고 설득을 통해 거래가 성사되는 등의 일은 이러한 비언어적 표현에 의해 크게 좌우된다.

티키타카 리액션을 잘하는 일도 큰 틀에서 보면 비언어적 표현의 일환이다. 티키타카 리액션을 잘하면 얻을 수 있는 긍정적인 효과의 몇 가지가 있는데, 첫 번째는 상대방이 나에게 호감을 느끼도록 만들 수 있다는 점이며 두 번째는 상대방을 더 즐겁게 만들어 대화의 흐름을 이어갈 수 있다는 점이다. 마지막으로 상대방이 신나게 대화할 수 있는 환경을 만들면 경청하는 것이 훨씬 수월해지고 경청의 정도에 따라 나에 대한 신뢰도도 덩달아 상승하게 된다.

조금 엄격하게 들릴 수 있겠지만 나는 티키타카 리액션에 대한 몇 가지 공식을 가지고 있다. 이 공식대로 한다고 해서 상대방에게 집중하지 않는다거나 무시하는 것은 아니다. 다만 내가 만나는 모든 사람이 나와 같은 성향은 아니기에, 가끔은 상대방의 기분을 상하지 않게 하면서도 경청의 비율을 늘려 신뢰를 얻어야 하는 상황이 생기는 것이다. 이는 비단 나에게만 적용되는 게 아니다. 우리 모두 살아가면서 때때로 대화하기 힘든 사람과 시간을 보내게 되기 때문에 내가 실제로 활용하는 리액션 스킬 세트를 소개하고자 한다.

첫 번째는 바로 '아~, 진짜?, 좋다!'이다. 가장 먼저 경청을 한 뒤 다시 물어보고 반응하는 방식으로 3단계로 구성되어있다.

두 번째 세트는'오~, 그랬구나, 좋았겠다/힘들었겠다'이다. 조금은 로봇처럼 느껴질 수도 있지만 이러한 간단한 리액션 세트는 습관으로 장착해 두는 것이 좋다.

다시 한번 말하지만, 이것은 상대방을 무시하거나 상대방의 말을 건성으로 듣게 하는 기술이 아니다. 리액션을 통해 상대방이 더 신나게 이야기할 수 있도록 돕고, 당신의 이야기를 듣고 있다는 일종의 신호이며, 결국 어떤 상황이든 상대를 적으로 만들지 않도록 예방하는 것이다. 상대방의 이야기를 들어주면 줄수록 신뢰감이 상승하며 동시에 나에 대한 호의도 함께 커지게 된다.

우리는 호의를 얻는 것에 소홀해서는 안 된다. 한 사람의 호의는 당신이 하고자 하는 일을 더 쉽게 할 기회가 되기 때문이다. 호의를 가진 상대방은 나에게 용기, 성실, 지혜, 심지어 분별력 같은 탁월함이 원래부터 있었다고 믿게 된다. 무엇보다 호의를 가진 사람은 나의 결점을 보지 못한다. 왜냐하면, 절대 결점을 찾으려고 하지 않기 때문이다. 이렇게 서로 상호보완을 시작하게 되는 것이다.

호의를 더욱 쉽게 형성하는 방법은 바로 유사성을 공략하는 것이다. 쉽게 말해, 나와 비슷한 면을 가지고 있거나 공감대를 형성하는 사람에게 호의를 느끼는 것이다. 그렇기에 호의는 얻기 쉬워 보이지만 의외로 얻기 어렵고 그런데도 한 번 얻고 나면 큰 효과를 불러오는 존재다. 그렇기에 티키타카 리액션을 잘해주는 것이 바로 호의를 공략하는 첫 단계이다.

⑤ 부정적인 결론짓기를 피하기

부정적인 결론짓기란, 쉽게 말해 모든 대화의 문장 말미를 부정적으로 끝내는 것이다. 이런 화법에 익숙한 사람들은 세상을 부정적으로 바라본다. 동시에 본인이 경험한 힘든 일이 유난히 부당하다고 느끼거나 어차피 달라지는 것은 없다며 인생이 끝난 듯이 생각하는 사람이 많다. 그렇기에 더욱 그들의 인생은 변하지 않게 된다. 안타깝게도 그들은 자신의 인생을 더 부정적으로 만들어 버린다. 주변을 돌아보면 쉽게 발견할 수 있다. 그들은 '해 봤자 어차피 안 돼, 그래봤자 바뀌는 건 없어'라고 말하며 변명을 넘어 자포자기의 심정으로 하루하루를 살아간다. 이런 비관주의자들과 대화를 나누고 나면, 마치 불편한 영화를 보고 나온 것처럼 불편한 감정이 마음에 남는다. 그리고 부정의 전염성은 강력하기 때문에, 대화 중 혹여라도 공감되는 부분을 발견했다면 나도 어느새 비관주의적인 관점에 사로잡힌 것이다. 이미 꼬여진 상태로 자리 잡힌 생각은 풀어 없애버리는 데 긴 시간이 소모되기도 해 미리 예방해야 한다.

콘텐츠를 제작하며 의외라고 느꼈던 한 가지는, 사람들이 대화법에 대한 관심도가 상당히 높다는 점이었다. 아마 자신의 의도나 바람과는 상관없이 미성숙한 대화로 인해 관계를 망치거나 일을 망쳐본 경험이 있기 때문일 것이다.

이쯤 되면 알 수 있겠지만, 대화는 단순히 언어, 즉 말이 오가는 상황만을 의미하지 않는다. 대화에는 지난 과거가 담겨 있고, 함께했던 시간이 공존하며, 일종의 보이지 않는 에너지로 변환된 요소들이 담겨 있다. 따라서 대화를 하는 공간은 바로 서로의 역사와 에너지가 상호교환되는 공간이 될 수 있다. '부자가 되고 싶으면 부자 곁으로 가라'는 이건희 회장님의 말씀처럼, 부자 옆으로 가면 부자들이 뿜어내는 에너지를 느낄 수 있다. 그 에너지는 내가 느낄 수 있는 동기부여나 자극 혹은 열정으로 변환된다. 더 나은 인생을 위한 연료로 활용되는 것이다. 반면 부정적인 결론짓기는 서로의 에너지를 부정적으로 물들여 나 자신의 인생뿐만 아니라 상대방의 인생도 부정적으로 바꾸어 버리는 아주 질이 안 좋은 대화법이다.

그렇다면 우리는 어떻게 대화해야 할까? 단순하다. 가능하면 긍정적인 방향으로 대화를 끝맺음하는 것이다. 그리고 대화 중간중간에 긍정적인 메시지를 넣어주어야 한다. 이것은 결코 인생 자체가 긍정적이기 때문이 아니다. 인생에서는 좋은 일도 있고 나쁜 일도 있다. 그것은 우리가 조절할 수 있기도 하지만 동시에 통제할 수 없는 영역도 존재한다. 그런 와중에 우리가 부정적인 일에 대해 더욱 부정적으로 말하고, 상황을 무조건 부정적으로만 받아들이게 되면 부정적 에너지는 더욱 강력해질 뿐이다. 이는 내가 크게 관심이 없는 사람들부터 심지어 사랑하는 사람에게까지 대상을 가리지 않고 부정적 에너지를 퍼트리는 것이 된다. 피하고 싶은 사람이 되어버리는 것이다. 그렇기에 부정으로 말하지 않기를 넘어 부정적으로 결론 지지 않는 마인드를 익혀야 한다.

어떤 상황이든 부정적으로 결론짓지 말자. 항상 지금보다 조금 더 나아지리라 생각하자. 그리고 이런 희망 가득한 에너지를 공유하여 주변 비관주의자들의 마음에 한 줄기 빛이 생기도록 하자. 이러한 긍정적인 영향력 전달은, 사람들이 당신에게 훨씬 더 큰 호감을 느끼게 하고 좋은 사람으로 인지하게 만들어 줄 것이다.

⑥ 상대를 감정 쓰레기통으로 만들지 말기

우리는 모두 누군가의 감정 쓰레기통이 되어 본 적이 있다. 처음에는 아무 느낌이 없는 것처럼 느껴지고 다소 불쾌하나 견딜만한 수준처럼 느껴진다. 하지만 시간이 가면 갈수록 상대방의 감정 쓰레기가 차오르면 어느덧 내 인생에서도 쓰레기 냄새가 나게 된다. 이유 없는 짜증이 솟아오르고, 누군가에게 폭언을 하고 싶은 충동이 생겨나며, 그렇게 스트레스받을 만한 일이 아님에도 불구하고 화가 치솟는다. 이런 증상은 마음속에 감정 쓰레기통이 가득 찬 상태임을 말해준다. 의외로 많은 사람이 감정 쓰레기통이 가득 찬 상태로 지내고 있다. 어쩌면 소통을 하며 살아야 하니 어느 정도의 쓰레기는 항상 가지고 다녀야 할지도 모른다. 하지만 문제는 이것이다. 누군가의 감정 쓰레기통이 되는 과정에 상대방의 악의적 의도가 없는 경우가 더 많다는 사실이다. 만약 누군가가 의도적으로 나를 감정 쓰레기통으로 만들어 이용하고 있다면 그 관계는 무조건 끊어내야 한다. 하지만 의도적으로 행동하고 있지 않다면 어떻게 해야 할까? 의도적인 것보다 조금 낫긴 하지만 여전히 내 인생에 어려움이 되는 것은 마찬가지다. 어쩌면 더욱 끊어내기는 어려울 수도 있다. 왜냐하면, 일반적인 감정 쓰레기통 역할은 '위로, 공감, 의리'와 같은 숭고한 이름으로 찾아오기 때문이다.

20대 시절 나에게는 2명의 가장 친한 친구가 있었다. 그 친구들을 내 곁에 둔 게 자랑스러웠다. 그 친구들과는 각각 특별한 추억을 가지고 있었다. 어려운 순간을 함께 했고 고통을 함께 이겨냈다고 생각했다. 결론부터 말하면 지금 그 친구들과는 연락을 하지 않는 사이가 되어버렸다. 시간이 흐를수록 인생에서 어려운 일이 닥쳐올 때마다, 의리라는 이름으로 그들을 만나야만 했고 위로라는 이름으로 그들의 이야기를 계속해서 들어야만 했다. 처음에는 아무 문제가 없었다. 두 번째도 아무 문제가 없었다. 그러나 세 번째부터는 조금 불편해지기 시작했고, 네 번째는 나도 모르게 그들을 피하고 싶은 마음이 생겨났다. 이런 과정이 몇 차례 반복되니 서서히 거리를 두게 되고 우리는 그렇게 남이 되었다. 지금 와서 돌아보면 그건 누구의 잘못도 아니었다. 당시 친구는 정말로 힘든 시간을 보내고 있었고 그것을 털어놓을 사람이 필요했을 뿐이니까 말이다. 하지만 동시에 내가 그 이야기를 몇 번이고 반복해서 들어줘야 하는 의무 또한 없었다. 누군가는 내게 매정하다고 말할 수도 있겠으나, 당시 나는 친구의 배려가 아쉬웠다. 마음 깊이 쌓여가는 피로감은 나의 일상마저 어둡게 만들었기 때문이다.

이 책을 읽으며 혹시 비슷한 방식으로 나를 힘들게 하는 사람이 떠오른다면, 현재 누군가의 감정 쓰레기통이 되어 그들의 인생을 온몸으로 받아 내고 있다면, 더 나아가 내 인생이 그로 인해 더 짜증스럽고 부정적으로 변해가고 있다면, 올바르게 거절하는 법과 거리를 두는 법을 꼭 터득하자. 우리는 스스로 지키는 방법을 알아야만 한다.

예를 들어, 이야기를 들어주다 지쳤다면 상대에게 말을 꺼내는 것이다.

"나에게 이런 어려운 이야기를 해줘서 정말 고맙지만, 매번 이야기를 듣는 게 나도 조금 어려운 것 같아. 나도 모르게 내 마음이 부정적으로 변해가는 게 느껴지네. 다른 이야기도 같이하면서 대화하면 어떨까?"

만약, 이렇게 말했는데도 당신의 친구가 '어떻게 나한테 그렇게 말할 수 있어? 내가 얼마나 힘든지 알면서. 적어도 너는 나한테 그러면 안 되지!'라는 식으로 답한다면, 아쉽지만 그 친구는 당신을 감정 쓰레기통으로 이용하고 있는 것이다. 그것을 의도했든 의도하지 않았든 간에 말이다.

우리는 어떤 상황과 순간에도 일방적인 관계 형성을 위해 시간과 인생을 내던져서는 안 된다. 건강한 관계라는 것은, 서로가 비교적 평등하고 존중하는 마음을 전제로 한 건강한 대화를 나눌 수 있을 때 생기는 것이다. 관계는 사회복지가 아니다. 상담이 필요하다면 상담자를 찾아가는 것이 맞다. 나의 감정 찌꺼기를 해소하기에도 바쁘지 않은가, 누군가의 감정을 대신 버려주기에는 당신의 인생은 너무 소중하다.

⑦ 무조건 긍정적으로 반응해보기

미국에 한 가족이 저녁 식사를 준비하고 있다. 엄마는 고기와 샐러드를 요리하고, 아빠는 테이블을 세팅하며, 아들과 딸은 음식을 나르며 돕고 있다. 딸이 샐러드 그릇을 테이블로 옮기던 중 실수로 턱에 발이 걸려 그릇을 와장창 깨뜨리고 말았다. 유리가 깨지고 바닥은 샐러드로 엉망이 되었다. 그리고 그렇게 샐러드를 떨어뜨린 순간, 온 가족은 하하 웃어 버리고 말았다.

위의 장면은 내가 읽었던 한 소설에 나오는 저녁 식사 장면이다. 물론 이 정도의 긍정이 다소 비현실적이라는 것을 잘 알고 있다. 나 또한 당시 이 장면이 충격적이었기 때문이다. 이 장면을 충격적이라고 느낀 이유는 '만약 우리 집이었다면?' 하는 가정과 동시에 답을 알았기 때문이다. 아마 부모님께 혼이 나거나, 설령 입 밖으로 꺼내지 않더라도 눈빛과 표정으로 언짢은 감정을 절대 숨기지 않았을 것이다. 이런 반응이 이상한 것은 아니다. 정성껏 만든 음식이 바닥에 떨어져 못 먹게 되었을 뿐만 아니라 깨진 유리가 온 사방에 흩어졌으니 분명 성가시고 짜증이 나는 상황임이 틀림없다. 하지만 부모님의 반응이 소설처럼 하하 웃는다면 어떨까?

전하고 싶은 이야기의 핵심은 바로 우리의 '반응'이다. 긍정적인 반응은 생각보다 중요하다. 어차피 깨어진 그릇과 못 먹게 된 샐러드에 집착하고, 혼내고, 핀잔을 준들 그게 무슨 의미가 있을까. 오히려 저녁 식사를 완전히 망쳐버리는 게 되지 않을까? 어떤 상황이든 긍정적인 메시지를 습관적으로 던질 수 있다면, 더 이상 상황의 어려움은 힘을 잃고, 순식간에 함께 이겨나가는 동지애의 형태로 변하게 된다. 이를 관계에 적용해보자. 어떤 상황이 되었든 그것을 '좋다'고 말해보면 부정적인 상황을 도려 밝게 풀어낼 수 있을 것이다. 모든 사람은 자기가 한 잘못보다 타인의 실수를 더 크게 느낀다. 나의 잘못보다 타인이 한 실수를 더 쉽게 비판하는 것도 이러한 이유 때문이다. 내로남불이라는 말이 있지 않은가, 당신이 상대를 향한 비판에 길들어져 있다면 이제는 그만두기로 결단해야 한다.

- **누군가한테 거절당했는가?**

  오히려 잘 됐다고 생각하자. 그로 인해 위험을 피할 수 있을지도 모른다.

- **오해를 받아 억울한 상황이 되었는가?**

  그것도 잘 됐다고 생각하자. 나에게 적합하지 않은 관계가 자연스럽게 사라지고 더 좋은 인연이 찾아올지도 모른다.

- **가족이 힘든 일을 겪게 되었는가?**

  잘 됐다고 생각하자. 이 일을 통해 내 마음이 더 단단해지고 가족과 한마음이 되어 함께 어려움을 헤쳐나갈 수 있게 될 것이다.

인생을 힘들게 하는 것은, 사실 힘든 일 그 자체가 아닌 우리의 반응이다. 모든 일을 긍정적으로 흘려보낼 필요가 있다. 잘됐다. 좋다. 고맙다. 잘하고 있다. 앞으로가 기대된다. 응원한다. 등 힘이 되는 말을 자주 하자. 타인에게 전할 뿐만 아니라 스스로에게도 자주 말해주자. 그 어떤 사람도 인생을 건성으로 사는 사람은 없다. 최선을 다해 인생을 살아가고 있는 나와 내 주변의 모든 관계를 토닥이고 응원해주자. 자연스럽게 마음이 맑아지는 것을 경험할 수 있을 것이다.

⑧ 상대를 중요한 사람으로 만들어주기

20대 후반 회사에 입사하고 6개월쯤 지났을 무렵 나는 모든 회사원이 흔하게 빠지는 착각에 빠졌다. 그것은 바로 내가 없으면 이 부서에 어려움이 닥치리라는 것이다. 나도 알고 모든 독자가 알고 있듯, 그건 사실이 아니다. 한 사람이 사라진다고 해서 전체 업무에 어려움이 생기진 않는다. 착각에 빠져 있을 당시 내가 가장 듣고 싶었던 격려와 위로는 내가 이 회사와 부서에서 중요한 사람이라는 말을 듣는 것이었다. 타 부서 동료에게 이런 말을 듣는 것도 좋았지만 내가 그 이야기를 가장 듣고 싶었던 사람은 바로 같은 부서 동료나 상사였다. 하지만 나는 회사에 적합한 인재가 아니었고 머지않아 그 회사를 나오게 되었다.

시간이 흘러 지금 그 시절을 돌아보면 나는 같은 부서 동료를 그렇게 좋아하지도 않고 상사에게 큰 인정을 바라지도 않았다. 그럼에도 불구하고 내가 중요한 일을 하고 있다는 사실을 확인받는 것은 그들에 대한 내 생각과 상관없이 중요했다. 이처럼 누군가에게 중요한 존재로 여겨진다는 것은 비단 타인을 통한 인정 때문만은 아니다. 오히려 자신의 가치를 확인하는 위로이기도 한 것이다. 대화를 주고받는 상대방이 중요한 존재라고 느낄 수 있도록 만들 수 있는 사람은 비교적 안정적이고 단단한 관계를 맺고 있다.

상대를 중요한 존재로 만나는 사람은 2가지 관점에서 중요성을 깨닫도록 만든다. 첫째는 바로 관계와 상관없이 그 사람이 속한 곳에서 중요한 가치를 가지고 있다고 언급해주는 것이다. 예를 들면 이렇다.

"너의 이야기를 들어보니 지금 부서에서 너는 정말 중요한 존재인 것 같아. 네가 얼마나 중요한 일을 하고 있는지 그 사람들이 조금 더 이해할 필요가 있어. 비록 사람들이 알아주지 않는다고 해도 중요한 일을 하고 있다는 사실은 변하지 않아."

어떤가? 그 사람이 회사에서 정말 유능한 인재이든 그렇지 않든 그것과 상관없이 이 말을 들은 사람은 격려를 받을 것이다.

두 번째 경우는 상대방이 속한 조직이나 외부적 요소와 상관없이 상대방과 나 사이의 관계 속에서 상대방이 얼마나 중요한 존재인지를 느끼도록 해주는 것이다. 이 방법은 부모와 자식 사이, 친구 사이, 상사와 부하 사이 등 다양한 관계 모두 적용될 수 있다. 조금 간지럽게 들릴지 모르지만, 나만의 어투로 바꿔 아래 적힌 이야기를 내 사람에게 해 줘 보면 어떨까?

"네가 내 곁에 있어 줘서 정말 다행이야. 자주 보지 못하지만 그래도 내가 힘들 때 정말 큰 위로가 되어주는 것 같아. 네가 없었다면 나는 지금보다 훨씬 더 힘들어했을 거야. 정말 고마워."

힘든 인생을 힘든 하루하루를 살아가는 우리는 나도 모르게 자기중심적인 생각을 하곤 한다. 그래서 그런지 상대방이 나에게 어떤 말을 듣고 싶어 하는지 지금 상대방에게 가장 필요한 말은 무엇인지 고민해 보지 않는다. 하지만 훌륭한 대화법을 익힌 사람은 대화 중에 상대방이 어려움과 니즈를 이해하고 상대방이 듣고 싶어 하는 말을 대화가 끝나기 전에 꼭 1번 해준다. 물론, 하고 싶은 말을 매번 해주는 것이 모든 관계의 해답은 아니지만 그럼에도 불구하고 상대방에게 필요한 말을 해주면 상대방은 스스로를 중요한 존재라 느끼게 될 가능성이 크다. 함께 마주 앉은 상대방을 귀한 사람이라고 생각하자. 가능하다면 그 사람을 만나러 가는 길에, 만나기 전에 그렇게 생각하는 것이 더 좋다. 오늘 중요한 사람을 만나고 좋은 시간이 될 거라고 미리 생각해 보는 것이다. 그 생각을 이어 나가면 나의 몸에 언어와 실제 언어가 주파수에 맞춰 자연스럽게 분위기로 드러날 것이다.

⑨ 억지로 맞춰주지 말기

이 관계를 돈독하게 만드는 중요한 팁 중 하나가 바로 억지로 관계를 이어 가지 않는 것이다. 익히 알고 있겠지만 억지 관계는 인생에 아무런 도움이 안 된다. 물론 일시적인 비즈니스적 관계, 단기적 관계를 형성한다면 아무 문제가 없지만 어떤 사람이 내 인생에 들어와 영향력을 주고받고 그 사람의 말과 행동을 주기적으로 봐야 하는 상황에 부닥쳤다면 억지로 맞춰주는 행위가 좋은 관계 답은 아니다. 그럼에도 불구하고 관계를 돈독하게 만드는 방법에 억지로 맞춰주지 않아야 한다는 챕터를 넣은 이유는 내가 현재 상대방에게 억지로 맞춰주고 있다는 사실을 인지하는 사람들이 의외로 적기 때문이다. 필자도 굉장히 오랜 시간 동안 상대에게 맞춰주며 시간을 보내왔다. 개인적으로 속상하고 슬픈 사실은 내가 상대방에게 맞춰주며 매번 스트레스를 받고 있었음에도 그 사실을 알아채지 못했고 나의 문제라고 여긴 적도 있으며 그것을 해결하려고 하지도 않았다.

20년이나 지났지만, 중학교에 처음 들어가 일 학기에 경험한 일을 나는 아직도 잊지 못한다. 어릴 적부터 덩치가 작지 않았던 나는 다소 안하무인처럼 초등학교 시절을 보내왔던 것 같다. 그래서인지 다소 이기적인 면도 있었으리라 짐작한다. 처음 만난 친구들과 함께 생활하기 시작한 중학교에서 한 아이와 시비가 붙어 있고 결국 그 아이와 다투게 됐다. 속상한 건 나보다 덩치가 한참이나 작던 그 친구한테 두들겨 맞았다. 그다음 날부터였던 것 같다.

매일 다니던 학교가 완전히 다른 학교처럼 느껴졌다. 그 일을 계기로 나는 타인에게 맞춰주는 삶을 살기 시작했다. 그 싸움이 트라우마가 되어 내가 만약 그때처럼 목소리를 조금이라도 크게 낸다면 비슷한 일이 생길 것 같다는 두려움이 있었다. 나는 친구들과 문제를 일으키고 싶지 않았기에 맞춰주는 학생이 되었지만 슬프게도 맞춰주기 시작한 관계에도 어김없이 또 다른 문제가 찾아왔다. 지금 돌아보면 참 아쉬운 일이다. 억지로 맞춰주는 것이 능사가 아니었고 맞춰준다고 해서 나쁜 관계가 대단히 좋아지지도 않으니 오히려 그 과정에서 내가 더 크게 고통받았다고 말할 수 있겠다.

이야기의 핵심은 어린 시절 겪은 작은 트라우마가 10년 넘도록 타인한테 맞춰주는 행동을 만들어낼 수 있으며 그런 식으로 우리도 모르게 타인한테 맞춰주며 생활을 하고 있다는 점이다. 솔직한 마음으로 가만히 생각해 보자.

- **내가 진심으로 맞춰주지 않아도 편안한 사람은 누구인가?**
- **누구와 함께 있을 때 가장 다가올 수 있는가?**
- **가장 나다운 모습을 이끌어주는 그 사람은 어떤 성향을 가지고 있는가?**
- **내가 느끼는 나다움은 어떤 것일까?**

너무나 긴 시간을 타인에게 맞춰주며 살아온 사람으로서 더 맞춰주지 않아도 괜찮다고 말하고 싶다. 그리고 꼭 한 가지 덧붙이고 싶은 말이 있다. 맞춰주지 않고 나다운 모습을 찾아가는 과정은 생각보다 수월하지 않을 수도 있다. 어떨 때 나답지 못한 모습을 보인다면 주변 사람들이 외면할 수도 있고 갑자기 변했다는 이야기를 들을 수도 있다. 타인의 비난을 받을지도 모르고 어떤 관계는 깨질 수도 있다. 하지만 좌절하지 말자. 모두 과정이라고 생각하자. 우리가 평생 타인을 맞춰주면서 살 순 없다. 맞춰주면서 사는 인생은 나를 더 행복하게 만들지도 않을뿐더러 타인을 행복하게 만들지도 않는다. 오히려 좋은 관계를 만들고 싶다면 상대방과 마주 앉아 내가 원하는 진짜 나다움에 대해 허심탄회하게 이야기하는 편이 더 낫다.

억지로 맞춰주는 행위를 멈추면 나다운 모습이 자연스럽게 드러난다. 다소 생소할지도 모르지만, 그 과정을 통해 정말 나다운 모습을 찾아가길 바란다. 이것이 바로 나 자신과 내가 맺는 건강한 관계의 시작이다. 내가 스스로와 건강하고 좋은 관계를 맺으면 타인과의 관계도 자연스럽게 건강해지게 된다. 끝으로 내 마음 안에 서운하고 좋은 것이 있다고 믿자. 진짜 나다운 모습은 그리고 진심으로 나다운 모습을 찾은 사람들이 가진 공통점은 타인을 돕거나 혹은 세상에 이바지하는 과정을 통해서 보람을 느낀다는 점이다. 결국, 진짜 나다움이라는 건 타인이 만들어 놓은 나의 모습에 맞춰 내 인생을 끼워넣는 것이 아니라 내가 이미 가지고 있는 나의 부드럽고 따뜻한 모습을 스스로 발견하여 내가 원래 살았어야 하는 인생에 모양대로 살아가는 것이다. 당신이 앞으로 발견할 당신만의 모양을 진심으로 응원한다.

⑩ 상대하고 싶지 않은 상대를 상대하는 법도 중요하다

온라인에서 떠돌아다니는 대화법은 대부분 긍정적이기만 하다. 하지만 우리 실제 일상에서 정말 긍정적이기만 한 상황은 없다. 만나고 싶지 않은 사람과 커피도 마셔야 하고, 대화를 피하고 싶은 순간도 찾아오기 마련이다. 따라서 좋은 관계를 위해 긍정적인 대화법만 기억하진 말자. 잘못하면 옳지 않은 관계에 매여 내 영혼에 도움이 되지 않는 말과 행동을 계속하게 될지도 모른다. 본능적으로 거부감이 들고 함께 어울리고 싶지 않은 사람한테 억지로 긍정적인 행동을 할 필요는 없다. 그것이 나의 정신과 마음을 병들게 하기 때문이다. 아무리 대화법을 통한 성장이 중요하고 만나는 상대가 나에게 중요한 의미를 지녔다고 해도, 더 소중한 것은 나 자신이다. 의미 없는 관계에 인생을 과히 소비하지 않아야 한다. 거절의 미학을 기억하자. 어쩔 수 없이 그런 사람들과 합석하고 시간을 보내야 하는 상황이 온다면 억지로 잘하려고 하는 것보다 그 사람과 적이 되지 않는 적당한 수준으로 맞장구쳐주자. 적당한 수준으로 상대를 띄워 주자. 상대가 하는 말을 받을 필요도, 느낄 필요도, 반응할 필요도, 곱씹을 필요도 없다. 만약 그 사람이 하는 말이 옳은 말이라면 내가 아직 준비가 안 됐으니 불편함을 느끼는 것이고, 만약 상대가 별로라면 그것은 그만큼 가치가 없을 테니 말이다.

우리는 근본적으로 맞지 않는 사람을 만나면 상대의 의견에 반발하고 싶다. 아니라고 말하고 싶고 틀렸다고 말하고 싶은 욕구가 든다. 자연스러운 현상이다. 그러니 그런 순간에 솟아오르는 부정적 감정을 통제하고 상대방이 나를 미워하지 않도록 하는 것만으로도 충분히 잘 하고 있는 것이다.

⑩ 열망

1) 인간은 변화해야 하는 이유가 없다면 변하지 않는다

꽤 많은 사람이 자신이 행하는 일을 왜 해야 하며, 이를 통해 무엇을 쟁취할 수 있을지에 대해 고민하지 않은 채 살아간다. 그렇게 당신은 학교로 향하고, 출근을 하고 있으며, 집에서 뒹굴거리고 있는 것이다. 이러다 보면 적당한 어딘가에 도착해있지 않을까 하는 멍청한 기대를 안고 살기 때문이다. 하지만 안타깝게도 당신은 기계가 아니다. 기름을 넣거나 버튼을 누르면 돌아가는 기계라고 착각하게 된다면 절대 즐겁지 않고 오래 해야 할 이유를 찾지 못한다.

이 책을 읽은 대다수 사람은 '변화'를 바랄 것이다. 그 변화를 통해 더 나은 삶을 찾고 싶어 하고, 더 나은 가치를 가진 사람들 속에 자신이 섞이길 바랄 것이다. 하지만 안타깝게도 대다수는 변화하지 못한다. '사람은 변하지 않아'라는 말이 우리의 삶 속에서 자주 흘러 다니는 것처럼 당신도 그 일부이다.

서울역에 노숙했던 한 사업가가 인터뷰에서 이런 말을 한 적이 있다.

"서울역에서 노숙을 하는 것은 인생의 끝자락이다. 더 이상 여기서 빠져나올 희망은 없다고 봐야 한다."

그 삶에 익숙해지고, 거기에서 지내는 순간 변화해야 할 이유가 사라진다는 것이다. 그리고 자신의 처지를 받아들이기 시작하는 순간, 대다수는 노숙자의 삶에서 빠져나오지 못한다고 한다. 이 사업가는 그걸 느끼는 순간 여기에 있어선 안 된다고 느꼈다고 했다. 무엇보다 그에겐 자신이 어떻게든 지켜야 할 자녀가 있었기 때문이다.

자녀라는 너무나도 익숙한 클리셰는 상상보다 큰 변화의 원동력이다. 남들에겐 별거 아니라고 느낄 수도 있지만, 자신이 낳은 자식이라는 것을 지켜야겠다는 의지는 그를 서울역에서 빠져나오게 했으며, 어떻게든 성공해야 한다는 열망을 만들어냈고 끝내 그를 사업가로서 성공할 수 있게 만들었다. 그리고 이러한 사례는 당신이 생각보다 흔하게 존재한다. 인생의 성공이 별거 아닌 것에서 발생하기도 한다는 뜻이다.

2) 열망은 변화를 위한 에너지다

열망은 변화를 위한 가장 큰 에너지다. 그 에너지 없이 변화하려는 시도는 단기적인 영향만 끼칠 뿐, 꾸준히 움직이게 할 원동력이 되지 못한다. 사람들은 간혹 변화를 위한 열망에 대단한 무언가가 필요한 것이라 착각하고는 한다. 그리고 그 착각은 누군가에게 보여 줄 열망을 찾는 것에서 생길 수 있다. 하지만 아니다. 대단한 것을 찾으려 노력하지 마라. 열망은 결국 당신의 가장 사적인 영역에서 누군가를 이해시켜야 하는 것이 아니라 당신만을 위한 에너지여야 한다.

과거 한 IT기업의 과장님과 식사를 한 적이 있었다. 과장님은 나에게 결혼 생각이 있냐고 물었었다. 당시 결혼에 대해 크게 생각이 없던 나는 솔직하게 그다지 생각이 없다고 말을 했고 그때 과장님이 네게 한 말이 잊히지 않는다.

"결혼하면 인생을 포기해야 한다고 말을 하곤 하지. 근데 내 생각은 달라. 나도 철이 없었어. 시간은 많고 내가 변해야 한다는 걸 알지만 변할 생각이 그닥 없었지. 그렇게 아무것도 없던 20대 중반에 결혼했는데, 하고 나니 인생을 포기하는 것이 아니라 인생에 모터가 달린 기분이 들더라. 전엔 그저 대충하고 만다고 하며 그저 인생을 허비하곤 했는데, 결혼한 이후엔 무슨 일이든 어떻게든 최선을 다하게 되더라. 내가 너무나도 사랑하는 사람을 책임져야 한다는 마음이 지금의 내 자리를 만들었어. 나는 포기하지 않았어. 오히려 더 발전했지."

사랑이라곤 아무것도 모를 것 같은 과장님의 말은 상당히 인상 깊었다. '사랑'이라는 단순한 것들이 그를 변화하고 움직이게 만들었던 원동력이라는 사실이 상당히 우습게도 재밌다. 사실 그의 성공엔 대단한 무언가가 있으리라 생각했다. 그걸 나도 모르게 기대했던 것일 수도 있다. 하지만 그에게 변화를 위한 열망은 사랑이라는 유치한 단어에 압축되었기에 더 대단했고 이해가 잘 되었다.

3) 힘든 시간은 강한 열망을 충적한다

아주 짧은 시간이지만 내가 마음속 멘토로 삼고 따로 두어 번 만나 뵈었던 분이 있다. 어느 날 그분이 한 가지 이야기를 해주었다.

그 이야기를 여러분과 공유하고 싶다.

한 남자가 인생을 모두 살고 천국에 올라갔다. 천국에 도착한 남자가 이리저리 둘러 보던 중 눈길을 끄는 작은 방 하나를 발견했다. 수많은 방 중에서 그 방은 조금 특별한 점이 있었는데, 바로 한 명의 노인이 제각각의 크기를 가진 공을 땅으로 던지고 있었던 것이다. 그리고 그 방의 바닥에는 정사각형 모양의 구멍이 하나 뚫려 있었다. 신기한 모습에 남자는 조용히 그 방을 방문했다. 그 방의 노인은 쉴새 없이 공을 바닥으로 던지며 중얼대고 있었다. 남자는 노인이 중얼거리는 말이 궁금해졌다. 이내 더 가까이 귀를 기울여 노인이 하는 말을 듣기 시작했다. 노인은 계속해서 한두 마디를 계속 반복하고 있었다.

"큰 걸 받아야 하는데…. 큰 걸 받아야 하는데…."

남자는 더욱 궁금했다. 도대체 저 공들이 무엇이길래 큰 걸 받아야 한다고 하는 걸까? 궁금한 마음에 뚫린 구멍으로 아래쪽으로 고개를 쑥 내밀어 바라보니 땅과 사람들이 보였다. 사람들은 꽤 분주해 보였는데, 자세히 보니 다름 아닌 그 공을 피하고자 이리저리 뛰고 있는 것이었다. 공을 받는 것이 두려워 피하려고 하는 의지가 분명히 느껴졌다. 남자는 고개를 들어 방안에 가득한 공을 하나씩 살펴보기 시작했다. 놀랍게도 공 안에는 수많은 보물과 희귀한 가치들이 담겨 있었다. 누군가가 간절하게 원하는 것이 담겨 있기도 했다. 단지 특이한 건 각각의 이름이 우리가 흔히 생각하는 인생의 고난, 어려움, 힘든 일로 붙어 있는 것이다.
남자는 공을 던지는 노인과 구멍 밑의 이리저리 뛰는 사람을 번갈아 바라보다 무엇인가를 깨달았다는 듯한 얼굴로 그 방을 조용히 빠져나왔다. 그가 빠져나오는 중에도 노인은 똑같이 그 작업을 반복하며 같은 말을 간절하게 중얼대고 있었다.

우리가 인생에서 겪는 힘든 일과 어려운 사건들은 우리의 생각과는 조금 다르다. 어떤 이들은 힘든 일을 겪지 않는 것을 자랑으로 여기지만, 어떤 이들은 어려운 순간을 이겨내고 그것을 극복하는 것을 자랑으로 여긴다. 분명한 사실은 이것이다. 자신의 고난을 받아들인 사람들은 이내 성공과 변화에 대한 정확하고 큰 열망을 가지게 된다. 그리고 그 열망이 바로 성공의 근간이 된다.

우리는 성공에 대한 관점을 바꿔야 한다. 성공은, 우리가 갖게 되는 열망과 왜 이전과는 다르게 살아야 하는지에 대한 깨달음과 불편함을 해소하고 더 나은 것을 추구하고자 하는 과정에서 찾아온다. 힘든 시간은 삶에서 결코 피할 수 없다. 이번에 피했더라도 다음에 다시 올 것이다. 평생 몇 번 더 찾아 올지 모르지만, 시련은 반드시 다시 찾아올 것이다. 우리는 이러한 힘든 시간을 사용하고 좌절을 열망으로 바꿀 줄 알아야 한다. 그리고 그 좌절을 딛고 일어서 누구보다 열심히 나아가야 한다. 꼭 상기하라. 힘든 시간은 반드시 돌아온다. 그리고 또 반복될 것이다. 하지만 이는 당신을 누구보다 멀리, 그리고 오래 달리게 만들 에너지가 될 것이다. 우리는 누구나 힘든 시간을 거친다. 그 시간 속에 좌절하고 노숙을 하는 사람이 있는 반면, 이를 계기로 더 멀리 누구보다 강하게 나아가려는 사람도 존재한다. 이 둘의 차이는 결국, 힘든 시간을 어떻게 받아들이는 태도의 차이다. 어떤 태도로 힘든 시간을 대하냐에 따라 당신 삶의 태도가 달라지는 것이다.

⑪ 감정

1) 감정은 행복, 성공과 직결되어 있다

당신이 사이코패스가 아닌 이상 감정과 절대 떨어질 수 없다. 아무리 이성적인 판단으로 삶을 살아가는 사람이라도 슬픈 영화 앞에 눈물을 흘릴 수도 있고, 별거 아닌 사람의 태도에 분노를 느낄 수 있다. 그리고 사랑하는 사람을 만나 포옹했을 때나 자기 일을 잘 끝냈을 땐 짙은 행복감을 느끼기도 한다. 그렇듯 우리의 일상은 이성보다 더 많은 감정 속에서 파묻혀있다. 간혹 이러한 감정은 우리를 지배하고자 한다. 어떨 땐 이런 지배가 좋은 효과를 내기도 하지만 보통 감정에 지배당하면 우린 올바른 판단을 내리지 못한다. 이렇듯 감정은 우리의 삶에 끊임없이 영향을 끼치고 당신을 괴롭혀 온다. 허나 대다수 사람은 자기 삶의 태도에서 이를 크게 중요시하지 않으려는 경향이 있다. 감정이 '보이지 않기' 때문이고, 무엇보다 대부분 사람이 감정을 수동적으로 '수령'하기 때문이다. 감정은 주체적으로 '주도'하고 '창조'하는 것이다. 항상 인생에서 주어지는 감정을 느끼며 살아가는 사람은 취약한 마음을 가진 것과 다르지 않다. 취약한 마음은 곧 상처와 편견, 잘못된 경험을 의미하고 인생은 그렇게 조금씩 휘어지게 된다. 성공하고 싶은 마음, 잘되고 싶은 마음, 아니 그냥 행복하게 잘 살고 싶은 마음이 있다면 감정은 필수적으로, 주도적으로 관리(manage)해야 되는 핵심 가치다.

- **내가 하루 중에 가장 많이 느끼는 감정은 무엇인가?**
- **그 감정으로 인해 나는 어떤 상태가 되는가?**
- **내가 24시간 동안 느끼고 싶은 감정은 무엇인가?**
- **그것을 위해 아침/오후/저녁마다 무엇을 해야 하는가?**
- **바라는 것을 성취된 순간에 나는 어떤 감정을 느끼고 있을까?**
- **그 감정을 느끼는 순간에 나는 어떤 존재인가?**

① 감정을 통제하는 것은 자기관리의 1순위 기술이다

그냥 쉽게 생각하면 된다. 자신의 감정을 통제하지 못하면 도대체 뭘 할 수 있을까? 세상은 절대 내 마음대로 굴러가지 않는다. 그렇기에 삶에서 여러 실망과 좌절, 타인에 대한 분노의 마음이 곳곳에서 생겨나는 것이다. 그런 마음을 통제하지 못한 채 마구 뿜어내는 것은 절대로 도움이 되지 않는다. 예를 들어 직장 상사가 부하직원에게 감정적으로 화를 내는 경우를 생각해 보자. 만약, 분노를 표출하지 않고 상대가 자신의 잘못을 깨달을 수 있게 설명을 해주는 사람이나, 감정을 표현하면서 경각심을 불러일으키는 사람은 절대 있는 그대로의 감정을 내뱉는 것이 아니다. 그들은 스스로 그 상황에 대해 미리 연습한다는 사실을 반드시 알아야 한다.

2) 감정을 관리하고 싶을 때 알아야 하는 3가지

① 외부에서 들어오는 부정적 감정을 선택적으로 받아들여라

생각보다 당신을 불쾌하게 만드는 부정적인 감정은 당신이 만들어낸 것이 아닌 당신 주변에서 발생 된 것이다. 그리고 당신은 생각보다 그 감정에 너무 쉽게 빠져들어 일상을 망쳐버린다. 이제는 정보화시대이다. 세상에 대한 정보가 너무나도 넘쳐흐르는 세상에서 당신이 심리학을 공부하고 싶다면 유튜브에 들어가서 10분짜리 영상 하나만 보면 쉽게 이해할 수 있다. 하지만 그 안에 거짓된 정보가 넘쳐날 수 있기에 우리는 자기 계발을 통해 그 정보를 선택적으로 받아들여야 한다.

놀랍게도 이는 정보뿐만 아니라 감정도 마찬가지다. 콘텐츠의 다양성은 점점 더 다각화되어가고 있고, 우리는 그 안에서 계속해서 새로운 감정과 표현을 마주하게 된다. 당장 동기부여 영상만 검색해보자 아무리 스크롤을 내려도 이걸 평생 다 볼 수 있을까 하는 생각이 들 만큼 많은 영상이 존재한다. 그렇다면 반대로 슬픈 영상을 검색해보자. 이 또한 평생 볼 수 없을 만큼의 분량의 영상이 존재한다. 이렇듯, 정보뿐만 아니라 감정 또한 다양한 세상에서 우리는 살고 있다. 그렇기에 이러한 감정을 선택적으로 받아들이기 위한 노력이 필요하다.

② 외부에서 긍정적인 감정을 마구 유입해라

뇌과학 학술에서 긍정은 동기유발과 주의력 및 통제지각 능력을 향상한다고 말한다. 당신이 하는 여러 일을 더 효과적으로 하기 위해서 긍정적인 감정이 매우 효과적이란 사실은 이미 과학적으로 증명되어있다. 위 챕터 사례에서 우리는 사람들이 외부에서 들어오는 부정적인 감정에 많은 영향을 받는다는 사실을 알았다. 그렇다면 당신의 삶을 더욱더 긍정적으로 만드는 방법 또한 매우 명확하다. 바로 긍정적인 감정을 마구 유입하는 것이다. 긍정적인 음악, 긍정적인 글, 긍정적인 사람들을 찾아 자신의 감정에 마구 유입하는 것이다. 혹자는 이렇게 말한다. 긍정이라는 말과 행동을 달고 다는 것은 유치한 일이 아니냐고. 그렇다면 이렇게 말해보겠다.

"유치함을 피하려는 당신은 왜 아직도 부정적인가?"

그러니까, 언제 긍정적으로 될 것이냐는 것이다. 삶에 변화가 발생하지 않고 그 자리 그대로 있는 듯한 생각이 들면 어떠한 유치한 것이든 무엇이든 빨리빨리 습득해서 자신의 감정을 통제해나가는 것이 중요하지, 유치한 게 도대체 뭐가 중요한 것인가. 어쩌면 그 유치함이라는 말에 빠져 계속 그 자리 그대로 있는 것이 더 유치하고 우스운 일이 아닐까? 긍정적인 게 유치해 보인다면 그만큼 내 삶을 가꾸는 것에 열정적이지 않은 걸 수도 있다.

③ 슬프고 우울하고 답답한 감정은 조목조목 다 써내려 가라

내가 가진 부정적인 감정들을 반드시 글로 써보길 바란다. 아니 권장이 아니라 꼭 그렇게 해야만 한다. 감정을 통제하는 것에 가장 중요한 것은 이를 이성적으로 이해하는 것이다. 이러한 이성화 작업을 통해 우리는 나를 사로잡고 있는 부정적 감정이 별거 아니었음을 알게 되기도 하며, 더 나아가 이 문제에 대한 해결책도 이성적으로 고민할 수 있다.

소설가 김영하는 〈세상을 바꾸는 시간〉의 강연에서 글쓰기의 중요성에 대해 이렇게 말했다.

"글은 말이 되게 써야 한다. 그래서 글을 쓴다라는 건 추상의 영역을 이성의 영역으로 바꾸는 작업이다."

대다수는 슬프고 우울한 감정을 '느끼고' 있다. '느낀다'라는 말은 결국 그 감정을 이해하고 이성적으로 판단하고 있는 것이 아닌 추상적으로 '얼추 이런 감정이지 않을까?'라고 판단하고 있는 것이다. 그러니 자신의 감정을 완전히 다 알고 있다고 착각해서는 안 된다. 이성적으로 판단되지 않는 이상, 그 감정은 절대 당신의 손아귀에 있는 것이 아니다. 그저 당신 주변을 떠다니는 공기와 다를 바 없는 것이다. 그러니 써라. 써서 이해해라. 이해하고 버릴 것을 버리고 해결할 것을 해결해야 한다. 그래야 당신은 그 감정에서 벗어날 수 있다.

CHAPTER 05

내면의 거인을 끌어낼 수 있는 7가지 방법

HOW TO BE A GIANT

05

내면의 거인을 끌어낼 수 있는 7가지 방법

❶ 지속해서 패턴을 바꿔라

동기부여는 우리를 시작하게 하지만 습관은 우리를 성취하게 만든다.

이 말은 한 번의 행동으로는 성공을 경험할 수 없다는 뜻이다. 그렇기에 우리에게 필요한 것은 꾸준함이다. 의미 있는 루틴을 만들기 전에 점검해야 하는 것은, 나에게 이 루틴이 왜 필요한지와 이것을 통해서 무엇을 얻고자 하는지를 명확히 규정하는 일이다. 분명한 목적과 이유가 생긴 후에는 작지만 꾸준한 행동을 매일 만들어내야 한다.

동기부여에서 가장 중요한 부분 중 하나는 습관이라고 해도 과언이 아니다. 성공을 향해 가는 과정에서 습관이 이토록 중요한 이유는 그 습관이 우리의 의식을 훈련시키기 때문이다. 무의식에 훈련된다는 것은 우리가 의식적으로 무언가를 하지 않아도 매일 매일 긍정적인 방향으로 변화한다는 의미다. 이 말을 들으면 뭔가 하지 않아도 저절로 된다는 뜻처럼 들리겠지만 당신도 이미 알고 있다시피 실상은 그렇지 않다. 루틴에 의해 자연스럽게 무의식이 변화하고, 또 그것을 통해 삶이 긍정적으로 변하기 시작하면 동기부여에 대한 실천은 숨을 쉬고 내뱉는 것처럼 자연스러운 일이 된다. 긍정적인 변화와 성취는 곧 더 많은 것을 성취하고 싶은 마음으로 이어지고, 더 큰 열망이 마음속에 자리 잡게 된다. 그때쯤이면 모든 사람이 깨닫게 된다. 그동안 얼마나 루틴 없이 자신의 마음을 부정적인 생각으로 물들이고 있었는지, 그동안 얼마나 잘못된 방법으로 인생을 만들어가고 있었는지 말이다.

루틴을 통해 무의식이 자연스럽게 훈련되는 과정에서 우리는 '패턴'이 달라지는 것을 경험하게 된다. 이 패턴은 우리가 매일 생각하고 행동하고 선택하는 패턴을 말한다. 당신이 현재 어떤 상황에 처해 있던 우리는 모두 패턴을 지속해서 바꿔야 한다. 왜냐하면, 나도 모르는 사이에 부정적인 생각 패턴에 빠질 가능성이 크기 때문이다. 체력이 모두 소진되고 마음이 힘든 순간에 어떤 생각을 하는가? 하던 일이 잘 풀리지 않고 실수하고 실패를 경험했을 때 어떤 생각을 하는가? 방금 던진 질문에 처음으로 답했던 순간을 떠올려보자. 그 순간이 당신이 만들었던 생각의 첫 번째 패턴이다. 첫 번째 패턴이 생기고 나면 두 번째, 세 번째 패턴도 첫 번째 패턴과 비슷한 형태로 흘러간다. 결을 바꾸는 정반대의 생각을 하기는 쉽지 않다. 그리고 외부의 의도적인 자극 없이 새로운 생각은 거의 생겨 나지 않는다. 만약 이러한 부정적 패턴이 내 삶에 깊숙이 각인되어 있다면 그것은 몸에 물감이 튀어 물로 씻어 내는 것이 아니라 피부에 새겨진 문신처럼 쉽게 지워지지 않을 것이다.

스스로 생각했을 때 나는 굉장히 많은 부정적인 패턴을 가지고 있는 사람이다. 그래서 오늘도 패턴을 바꾸기 위해 사력을 다하고 있다. 내가 가진 가장 대표적인 부정적 패턴은 바로 의미가 없다고 느끼는 마음이다. 아마 당신도 경험해 본 적이 있을 것이다. 어느 날 아침에 일어났는데 굉장히 개운하고 무엇이든 해낼 수 있을 것 같은 긍정으로 가득 찬 그런 아침 말이다. 새로운 생각이 많이 떠오르고, 도전하고 싶은 일도 생기고, 어떤 힘든 일도 헤쳐 나갈 수 있다는 자신감이 생기는 날. 매일 아침이 이와 같다면 얼마나 좋을까. 하지만 내가 겪는 대부분에 아침은 부정적인 마음으로 가득 차 있었다. 자고 일어나도 여전히 몸은 피곤하고, 숙면하기도 힘들며 심지어 가끔 찾아오는 불면증에 정신마저 지친 상태로 깨어난다. 내가 가장 많이 꾸는 꿈이 누군가에게 쫓기는 꿈인 걸 보면, 조급함이 꿈으로 드러나는 것이 아닌가 싶다. 그렇게 몸도 마음도 지칠 때면, 나는 항상 모든 것을 포기하고 싶은 마음이 든다. 그 순간만큼 아무것도 의미 있다고 느껴지지 않는 때가 없다. 왜 살아 있는지, 왜 일을 하는지에 대한 이유가 그처럼 불분명할 때가 없다. 허무한 마음이 내 감정을 지배하는 것이다. 이것은 오랜 시간 내 안에 패턴이 되어왔다. 이 패턴을 깨기 위해 수년간 노력해 왔고 요즘은 굉장히 큰 폭으로 회복되었다. 아무것도 이룬 것이 없다는 생각을 방지하기 위해 한 해의 이룬 성과를 차곡차곡 적었다. 충분히 감사할 수 있는 인생의 목록들도 만들었다. 꾸준한 감사 일기로 긍정적인 생각이 패턴으로 형성되도록 만들었다.

이러한 부정적인 패턴은 그 누구도 피해 갈 수 없다고 생각한다. 아무리 돈이 많아도, 아무리 훌륭한 사람이라도 고민 없는 인생은 없고 고통 없는 인생은 없다. 그렇기에 행복한 마음을 갖고 만족스러운 인생을 사는 방법 또한 모든 인간에게 공평하다. 부정적인 패턴의 반복을 끊어내고 긍정적인 패턴을 만들어 의식적으로 매일의 행복을 느낄 수 있다면, 누구와 비교하지 않아도 내가 가진 것으로 삶을 충만하게 느낄 수 있을 것이다.

❷ 시간 운영을 바꿔라

지난 인생을 돌아보면 나는 참 열심히 살아온 아이였다. 항상 뒤처져 있다는 생각에 남보다 두, 세배로 열심히 해야 한다고 생각했다. 그런데도 열정으로 가득한 인생이 내게 별다른 성취를 안겨 주지 않았으니 부지런하게 무언가를 하는 것 이외에 방법이 없었다. 그렇게 나는 첫 번째 환상에 사로잡혔다. 열심히 하니까 잘하고 있다는 환상이었다. 실제로 주변에서 내가 가장 열심히 사는 사람이었으니 그 생각은 내 머릿속에서 아주 쉽게 합리화되었다. 나에게 효과적인 시간 운영 방법을 알려 줄 사람마저 존재하지 않았으니 나는 행동을 하고 있다는 사실만으로 크게 만족하며 인생을 살아왔다. 물론 아무것도 하지 않는 것보다 훨씬 낫다. 실천을 통한 행동 습관 형성은 필수적이니까. 그러나 큰 틀에서 보면 이는 시작에 불과할 뿐, 진정으로 내가 원하는 인생까지는 아직 먼 길이 남아있다.

머지않아 행동만으로 턱없이 부족하다는 생각이 나를 지배했다. 아무런 결과가 손에 쥐어지지 않았다. 아니 더 정확하게는 바라던 결과가 아니었거나 만족스러운 수준이 아니었다고 표현하는 것이 맞겠다. 나는 내가 사용하는 시간의 색깔이 분명하지 않다는 생각을 했다. 시간의 색은 나의 활동에 따라 색깔을 부여하여 선택과 집중의 정도를 측정하는 활동이다. 자신을 발전시키는 활동에는 빨간색을 설정하고, 누군가를 만나는 시간에는 보라색, 회사 일이나 공부를 해야 하는 일은 노란색으로 설정한다. 이런 식으로 나에게 주어진 활동들을 분류하고 멀찍이 나의 시간 운영을 바라보니 모든 색깔이 시간 단위로 이리저리 혼재되어 있었다. 어떤 활동은 너무 오래 했기 때문에 효율성이 떨어졌고 어떤 활동은 너무 짧아서 결과물을 만들어내지 못하고 있었다. 나는 꾸준히 무언가를 하고 있었고 심지어 계획도 세웠지만, 전략이 없었다.

시간 운영에는 전략이 필요하다. 전략에는 목표가 있다. 목표는 바로 활용한 시간에 대한 결과물이다. 그리고 목표 달성을 중심으로 시간을 적절하게 재배열하는 것이다. 어떻게 보면 계획이라고 볼 수 있지만 너무나 많은 사람이 행동하는 것 자체만 집중하고 계획을 세우는 것 자체에 과히 뿌듯해하니 이제는 전략이라는 단어가 더 적절하지 않나 생각해 본다.

지난 10년간 캘린더를 통해 시간을 운영해오며 다양한 방식으로 시간을 운영해봤다. 현재 나의 캘린더는 크게 여섯 가지로 구성되어 있다.

첫 번째는 일반 캘린더다. 일반 캘린더는 특별히 중요하지 않은 약속이나 한 번만 존재하는 약속 그리고 잊으면 안 되는 일정을 등록할 때 활용한다.

두 번째는 일 캘린더다. 주요한 업무/공부와 관련한 모든 일정이 여기에 해당한다. 일과 관련한 약속도 여기에 포함한다. 일 캘린더는 현재 나에게 가장 큰 수입을 안겨주는 활동에 대한 캘린더다.

세 번째가 부가수입 캘린더다. n잡이 일반화된 요즘 시대에 필수적으로 사용해야 하는 캘린더가 아닐까 싶다. 부가수입이라는 것은 나에게 비교적 적은 돈을 벌어준다는 의미도 있지만 메인 잡으로 성장할 가능성이 있는 활동이어야 한다. 큰 관심을 가지고 있는 분야로 수입적/커리어적 확장 가능성을 품고 있어야 하는 것이다.

네 번째는 바로 인생의 중요한 것을 적는 핵심활동 캘린더다. 자기계발 활동(독서, 운동 등)이나 가족과 보내는 시간이 여기에 해당된다. 나라는 사람을 가운데 두고 인생을 바라봤을 때 중요한 의미가 있는 모든 활동을 여기에 적는 것이다. 스스로 성장시키고 마음에 행복감을 주는 활동을 적으면 된다.

다섯 번째는 만남 캘린더다. 만남 캘린더는 업무와 관련이 없는 만남을 등록한다. 친구나 옛 직장동료가 여기에 해당된다. 수익과 관련이 없는 만남이다. 여가 만남이라고 명명해도 좋다. 만약 단기간 내에 폭발적인 성장을 원한다면 이 만남 캘린더를 적게 사용할수록 성장에 도움이 된다.

마지막으로 활용하는 캘린더는 바로 미리 계획(pre-plan) 캘린더다 미리 계획 캘린더는 그날이 되기 전에 내가 생각하는 이상적인 하루를 미리 계획해보는 캘린더다. 이 훈련을 통해 내가 생각하는 이상적인 하루를 생각해 볼 수 있으며 동시에 자기 성장에 투자할 수 있는 시간이 얼마나 되는지 먼저 예상해볼 수 있다. 직장인 기준으로 보았을 때 아홉 시부터 여섯 시까지는 회사에 매여 있어야 하니 사실 스스로 성장을 위해 투자할 수 있는 시간은 하루에 그다지 많지 않다. 아무리 효율적으로 계획한다고 해도 절대적 시간 법칙에서 자유로울 수 없으니 미리 계획 캘린더를 통해 내가 원하는 수준의 성장치를 가늠해보는 활동이 필요하다.

<인생을 바꾸는 시간 운영 캘린더 6가지>

- **일반 캘린더**
- **Main 업무 캘린더**
- **Sub 업무캘린더**
- **핵심영역 캘린더**
- **만남 캘린더**
- **미리계획 캘린더**

캘린더 종류를 10개까지도 운영해보고 더 적게도 운영해봤지만, 현재 나의 스케줄상 5~6개의 캘린더가 가장 이상적이다. 물론 사람마다 다를 수 있지만 아래 적어둔 3가지 원칙은 꼭 기억해두자.

첫째는 시간을 계획하는 일 자체에 많은 시간을 투자하지 말아야 한다. 모든 일정을 손으로 적는 것은 좋지만 거기에 너무 많은 시간을 할애할 필요는 없다는 것이다.

두 번째는 나의 현재 활동에 적합한 카테고리 분류가 필요하다는 점.

세 번째는 적어도 한 달에 1번, 많으면 일주일에 1번 정도는 지난 일주일 캘린더를 들여다보며 불필요한 시간이 무엇이었는지 확인하는 작업을 하라는 것이다.

시간 운영에서 가장 경계해야 하는 것은 '쓸데없는 일에 시간을 투자하는 일'이다. 그리고 이런 쓸데없는 활동은 내 인생에서 사라지도록 지속해서 걷어내야 한다. 궁극적인 시간 활용의 극대화를 달성하기 위해 우리가 하는 모든 업무적 활동은 나의 커리어와 성장에 기여할 수 있어야 하고 정신적 쉼을 일정 제공할 수 있어야 한다. 동시에 인생에서 의미 있는 순간들을 놓치지 말아야 한다. 사랑하는 사람과의 시간 가족과 이 시간이 여기에 해당한다. 이 책을 읽는 당신도 시간 운영을 통해 삶의 중요한 일에 더 집중하여 원하는 결과를 얻기를 바란다.

❸ 실패를 생각하는 관점을 바꿔라

방금 저지른 실패는 진짜 실패가 아니다. 해내는 것에도 훈련이 필요하다. 맛있는 것도 먹어본 사람이 잘 먹는다는 것, 노는 것도 놀아본 사람이 잘 논다는 말처럼 무언가를 해내는 것 또한 해본 사람이 잘 해낼 수 있다. 결국, 가장 중요한 것은 실패를 딛고 어떻게 해낼 수 있을 것인지에 대한 훈련이 되어있고 안 되어있느냐의 차이다. 그렇다면 당신은 해내기 위해 무엇을 해야 할까? 바로 역경과 실패다. 역경 없이 무언가를 해내는 것을 보고 당신은 해냈다고 말하는가? 아니다. 그건 해낸 것이 아니라 '했다'에 가깝다. 해낸다는 것은 이런 것이다. 수많은 역경과 장애물 속에서 이것을 계속 진행해야 할지 말아야 할지에 대한 갈등을 수없이 겪고, 주변 사람들의 불신과 만류 속에서도 꿋꿋하게 자신의 길을 걸어갈 수 있는 것. 그것이야말로 진정한 의미에서의 해내는 것이다.

당신이 이루고자 하는 모든 일에는 역경이 존재한다. 왜냐면 세상은 당신이 무언가를 이루게 되는 걸 그다지 달가워하지 않기 때문이다. 그것이 세상의 이치이다. 그렇기에 당신이 원하는 무언가를 해내는 일은, 단순히 성취해 내는 것을 넘어 이 세상의 이치를 올바르게 깨우치는 방법이기도 하다. 그래서 해내는 것은 매우 소중한 일인 동시에 더 나은 세상을 살아가게 만드는 힘이 된다. 우리는 실패를 두려워하지 말라고 배웠다. 실패는 성장의 밑거름이며 수정과 보완을 통해 더 나은 결과물에 도달할 수 있다는 것을 이미 잘 안다. 이렇듯, 훈련된 사람과 되지 않은 사람, 정확히는 해내는 사람과 해내지 못하는 사람의 차이는 바로 역경과 실패를 경험한 유무에서 발생하게 된다.

만약 똑같은 실수를 계속해서 반복하거나 노력과 역경 없이 좋은 결과만 얻고 싶어 했다면 실패의 경험을 필연적이라 생각하길 바란다. 넘어지는 것을 두려워하지 않는 사람이 결국 멀리 가는 법이다.

❹ 지혜롭게 욕심을 부려라

어릴 적부터 우리는 욕심을 부리지 말라는 소리를 들으면서 자란다. 욕심은 타인의 것을 탐하는 마음이며, 타인이 가져갈 기회를 내가 마음대로 사용하는 나쁜 것으로 배웠다. 하지만 어린 시절 아무도 나에게 욕심도 열망의 한 종류라는 사실을 가르쳐 주지 않았다. 좋은 것과 나쁜 것을 결정하는 것은 누굴까? 좋은 것이라고 명명하는 것은 어떤 기준에서 이루어지는 것일까? 결국, 내가 가지고 있는 욕심도 내가 가지고 있는 열망이며, 그 열망은 좋을 수도 있고 나쁠 수도 있다.

따라서 우리는 지혜로운 욕심을 가져야 한다. 지혜롭게 욕심을 부리면 우리의 인생은 내가 기대하는 것보다 적어도 1.5 배에서 2배 이상 빠르게 전진하게 된다. 무언가를 성취하고 싶은 욕심, 다양한 분야에서 성과를 보이고 싶은 욕심이 있다면 그것은 좋은 욕심이다. 하지만 동시에 지혜라는 단어를 꼭 잊지 않기를 바란다. 지혜와 지식은 다르다. 지식이 세상에 존재하는 것을 아는 힘이라면 지혜는 바른 것과 그런 것을 분간하는 힘이다. 지혜롭게 욕심을 부린다는 것은 양날의 칼이라고도 할 수 있는 욕심을 다루는 기술을 의미한다. 지혜로운 욕심을 분간하지 못하는 사람이 겪는 고질적인 한 가지 문제는 바로 선택과 집중이다. 많은 사람을 상담하며 선택과 집중에 어려움을 겪는 상담자를 만나게 되는데 그들은 보통 비슷한 이야기를 한다.

"제가 욕심이 좀 많아서요. 제가 하고 싶은 게 많아서 다양한 분야에서 전문가가 되고 싶습니다. 그리고 이 2~3가지 분야를 섞어서 저만의 고유한 무언가를 만들고 싶어요."

겉으로 보면 아무 문제가 없는 말이다. 오히려 대견할 수도 있고, 그런 길을 걷기로 한 결심에 박수를 쳐주고 싶은 마음도 든다. 하지만 양날의 칼인 욕심을 제대로 다루지 못했기 때문에 그들의 일상은 곪아 있다는 표현이 매우 정확할 것이다. 그 어떤 것 하나에도 집중하지 못했고 그 어떤 분야에서도 생산적인 일이 없으니 결국 콜마 구름처럼 인생에 고이게 되는 것이다.

지혜롭게 욕심을 버리기 위해 꼭 기억해야 하는 몇 가지 원칙이 있다.

첫 번째는 내가 하고 싶은 일, 내가 욕심부리는 그 일이 근본적으로 내가 이루고 싶은 일이어야만 한다는 사실이다. 생각보다 많은 사람이 내가 하고 싶은 일을 타인에 의해 결정하는 경우가 많다. 설사 직접 결정을 내렸다고 하더라도 근본적으로는 타인에 의해 영향을 받고 착각하는 경우도 적지 않다. 부모님에 의해서 영향을 받고, 친구에 의해서 영향을 받은 것이지, 내가 내린 결정이 아니다. 중요한 사실은 '근본적으로' 내가 직접 내린 결정이어야 한다는 것이다. 이것이 바로 첫 번째 원칙이다.

두 번째 원칙은 아무리 중요하게 생각하는 것이라도 불필요하거나 현재 필요하지 않다고 판단되면 멈출 수 있어야 한다는 것이다. 현재해야 하는 행동을 중요한 순으로 정렬하면 중요하지 않은 일이 없다고 생각되는데 이것은 큰 착각이다. 인생에서 중요하지 않은 일을 걷어내는 것은 중요한 과정이다. 당신은 아마 나이를 먹을수록 중요한 일이 점점 많아지는 것을 경험할 것이다. 내가 챙겨야 할 것은 자연스럽게 많아지고, 결국 몸 하나로는 부족한 지경에 이른다. 그럼 어쩔 수 없이 한두 개를 버리게 되는데 그렇게 버려진 것이 인생의 중요한 부분이었다면 시간이 지나 후회를 하기 마련이다. 따라서 내 인생에서 중요한 일만 솎아내는 작업을 마쳤다면, 각각의 일이 지금 당장 필요한지, 지금 당장 할 수 있는지, 어떤 영향이 내재 되어있는지, 이것을 도와줄 사람은 있는지, 이것을 달성하는데 얼마나 걸리는지, 이것을 통해서 내가 얻을 수 있는 최대 효과는 무엇인지, 마지막으로 이것을 하지 않으면 죽기 전에 후회할 것 같은지를 차분하게 점검해 봐야 한다.

욕심은 욕망이자 열망이며, 내가 달성하고 싶은 강력한 꿈이기 때문에 그만큼 쉽게 나의 인생을 삼켜버릴 가능성이 크다. 욕심에게 인생이 삼켜지지 않으려면 결국 올바른 욕심인지 지혜로운 욕심인지를 판별하는 필터링 작업을 두 번, 세 번 해야 한다. 이런 작업을 수행하는 데 시간을 아까워하지 않아도 된다. 왜냐하면, 철저한 검증을 거친 결과일수록 나의 인생에서 분명 큰 역할을 수행할 것이기 때문이다. 지혜롭게 욕심부리는 것, 선택과 집중을 결정하는 것, 에센스를 찾아내기 위해 시간을 투자하는 것, 어느 것 하나도 놓치지 말고 인생의 큰 성과를 꼭 경험하길 바란다.

❺ 어설프게 착한 사람이 결국 나쁜 사람이 된다

20대 때 연애에 관심이 많던 시절, 친구와 농담을 하며 이런 이야기를 한 적이 있다.

"최악의 연애 상대는 그냥 착하다는 평가를 듣는 사람이 아닐까? '걔 어때?'라고 물어봤을 때 '그냥 착해'라고 말하는 거 말이야."

어릴 때는 착하다는 말을 그렇게 많이 들으면서 자라 왔지만, 시간이 지나고 나니 착하다는 것만큼 개성 없는 말이 없다는 사실을 깨달았다. 그렇다고 해서 극단적인 성격이 좋다는 것은 아니지만, 착하다는 말은 무채색과 같이 자신만의 고유한 특성을 드러내지 못하기 때문에 이도 저도 아니라는 것이다.

어설픈 것은 항상 문제가 된다. 어설프게 착한 것도 문제가 되고, 어설프게 배려하는 것도 문제가 되고, 어설프게 거절하는 것도 문제가 된다. 왜 그럴까? 그건 상대방에게 분명한 의도를 보내지 못하기 때문이다. 하나를 온전하게 결정하지 못하는 것도 문제가 된다. 그런데도 어설프게 착한 사람들의 근본은 좋다고 생각한다. 그 사람들의 의도가 나쁘다고 생각하지는 않는다. 오히려 모두를 만족시키려는 욕심 때문에 그런 일이 생겼다고 생각한다. 모두를 만족시키려고 하는 마음, 그것이야말로 진짜 큰 욕심 중에 하나다. 그리고 그것은 결코 이룰 수 없는 욕심이기도 하다.

어릴 적 나의 모습이야말로 어설프게 착한 사람의 표본이었다. 트리플 A형와 같은 성격을 가졌던 나는 내 주위에 앉은 사람의 표정이 안 좋으면, 그 사람과 아무런 일이 없었음에도 나 때문에 기분이 좋지 않은 거라고 지레짐작하곤 했다. 그러다 보니 모두에게 좋은 사람이 되지 못했고, 모두에게 나쁜 사람도 아닌 애매하고 함께 하기 힘든 사람이었다. 어설프게 착한 성격은 특히 관계적으로 문제가 생겼을 때 나를 매번 구렁텅이로 몰아넣었다. 대단히 착한 것도 아니고 분명하지도 않았으니 양쪽 모두에게 나쁜 사람이 되기 일쑤였다. 어떨 때는 박쥐 같은 존재라고 오해받기도 했다. 그런 일을 겪은 날은 정말이지, 처절한 감정이 들곤 했다. 나는 모두에게 좋은 감정을 가지고, 모두에게 잘 대해 주고 싶었는데 왜 매번 이런 결과가 나오는 것인지 스스로 자책했다. 모두에게 사랑받고자 하며, 그 누구에게도 욕을 먹고 싶지 않았던 관계적 완벽주의자였던 것이다.

이 책을 펼쳐 든 사람이라면 절대로 의도적인 악한 일을 할 사람은 아니라고 생각한다. 그렇기에 나쁜 사람이 된다는 것은 단지 우리에게 처하는 상황일 뿐이다. 의도적으로 악한 행동을 하는 사람은 범죄자가 아닌가? 어떤 관계를 조율해야 하고, 고래 싸움에 새우등이 터질 것 같은 상황에 봉착했을 때 우리는 절대로 어설픈 행동을 하지 말아야 한다. 누구를 대단히 돕지도 않고 누구 편을 들지도 않는 애매한 상황을 고수하다 보면, 결국 그 둘의 신뢰를 한 번에 잃을 수도 있기 때문이다.

비록 상황이 안 좋아도 분명한 처신을 통해 입장을 정확히 밝혔다면, 그것으로 만족하자. 아마 내가 원하든 원하지 않든 어떤 사람은 분명 나를 비방할 것이다. 일반적으로 사람은 문제가 생겼을 때 항상 그 책임을 떠넘길 사람을 찾기 때문이다. 우리가 쉽게 부모님 탓을 하는 것과 같은 이치다.

누군가가 "너는 나쁜 사람이야. 너 때문에 이렇게 됐어."라고 말할 때 굳이 상처받을 필요도 없다. 왜냐면 그 사람은 저 사람 탓이 아니고 내가 올바로 처신했으면 이런 일을 겪지 않았을 거라는 걸 이미 알고 있기 때문이다. 따라서 흐리멍덩한 행동보다는 분명하게 행동하는 편이 훨씬 낫다.

조언하고 싶은 마음이 생겼다면, 미리 양해를 구하고 따끔하게 조언을 해라. 그리고 아니라고 생각한다면, 그 생각에 동의하지 않는다고 분명하게 말을 하고 그렇게 생각하는 이유를 전달하면 된다. 내 의견에 동의하고 동의하지 않고는 그 사람의 선택이다. 그 사람의 선택도 당신이 옳다고 결정한 것과 동일하게 옳다. 나와 의견이 다르다고 대립할 필요도 없을뿐더러 그렇다고 해서 대단히 존중할 것도 없다. 다르므로 서로를 존중할 수 있고, 나의 의견도 존중할 수 있다. 기억하라. 분명한 결정을 내리고, 그 결정을 한 나를 사랑하는 마음으로 스스로 존중해 주는 것을 우선적으로 해야 한다.

어설프게 착한 사람이 되는 것을 피하고, 분명한 의사 결정을 통해 어떤 방향이든 상관없이 일단 그 길을 걸어가야 하는 이유는 의외로 인생에는 옳고 그름이 없기 때문이다. 그 당시에 내가 옳다고 생각했던 결정이 시간이 지나 틀린 것으로 드러날 수도 있고, 내가 잘못했다고 생각하는 결정이 오히려 인생에 도움이 될 수도 있다. 중요한 사실은 행동하지 않고 분명하게 의사를 밝히지 않는 태도에 있다. 어떤 방식이든 괜찮다. 결정을 내리고 빠르게 행동하자. 어설픈 것은 항상 문제가 된다. 적당한 수준도 항상 문제가 된다. 나만의 생각을 가지고 분명한 가치관을 세우자. 그리고 그 행동 자체로 충분한 가치가 있다고 생각하자. 그래야 올바른 가치관을 갖게 되고 이를 통해 올바른 행동이 나오고, 올바른 습관이 만들어져야 비로소 올바른 인생을 살 수 있다.

❻ 온실 속의 화초에서 벗어나라

① 인생의 어려움에 패배하지 않는 마음가짐

인간은 종이에 손가락이 베여도 굉장히 불편하고 고통스러움을 느낀다. 종이에 베이는 것도 고통스러운데 인생을 살아가면서 겪는 힘든 일들은 우리의 마음에 얼마나 큰 상처를 내는 걸까. 일정한 방식으로 한 사람이 겪는 고통의 정도를 측정할 수는 없지만 모든 사람은 고통을 느낀다. 그리고 이런 고통이 심해지면 인생은 혼돈 속으로 빠지게 된다. 여기서 중요한 건, 어떤 사람은 그 고통으로 좋은 모습을 찾기도 하고, 어떤 사람은 고통에 점령당해 더 안 좋게 변하기도 한다는 점이다. 즉, 우리가 고통을 어떻게 해석하는지에 따라 고통은 인생에 좋을 수도 있고 나쁠 수도 있다. 이때 가장 먼저 깨달아야 하는 사실은 시련을 삶의 거름으로 사용해야 한다는 사실이다. 인생의 부정적인 상황마저도 내 인생을 위한 영양분으로 승화시킬 수 있는 능력을 갖춘 사람이 전정한 강한 사람이다. 그 사람은 어떤 고통도 극복해 낼 수 있고, 어떤 상황에서도 더욱 나은 사람으로 발전할 수 있다.

② 100배 큰 어려움을 이겨낼 자신감

가끔 우리는 어려운 순간을 한 번도 겪지 않은 것처럼 보이는 사람을 마주한다. 이 사람이 현재 어떤 힘든 순간을 보내고 있는지 내가 뻔히 아는데도 불구하고 그게 전혀 드러나지 않는다. 심지어 비슷한 주제가 나온다고 하더라도 웃으며 넘기거나 잘 풀릴 거라는 인상을 내비친다. 그런 사람은 멘탈이 단단해 보인다. 그리고 어떤 어려움이 와도 똑같은 자리에 앉아서 똑같은 표정으로 그 상황을 술술 넘겨 버릴 것만 같은 느낌을 준다. 왠지 모르게 의지하고 싶기도 하고 고민을 상담하고 싶기도 하고, 더 나아가 내가 겪고 있는 문제마저 이 사람과 공유하고 싶은 마음이 들게끔 한다.

우리에게 필요한 건 인생의 힘든 일을 당당하게 겪어낼 나에 대한 자신감이다. 어떤 어려움이 오더라도 나는 그 어려움을 이겨낼 수 있다는 자신감, 그리고 과거에 내가 그 어려움을 이겨냈다는 자부심, 앞으로 더 잘될 수 있을 것이라는 당당함이 필요하다. 이런 사람들은 끝없이 성장한다. 스스로 한계를 정하지도 않는다. 그리고 반드시 해야 한다는 고정된 생각을 하고 있지도 않다. 사고가 유연하고 가능성이 무한하며 그들이 가지고 있는 판단에 많은 사람이 관심을 가지고 모여든다. 때로는 의지할 존재가 되기도 해 작은 말 한마디에 힐링을 받는 사람이 생겨나기도 한다. 우리가 바로 그런 존재가 되어야 한다. 나에 대해서 단단하게 믿는 바가 있고 그것을 통해 더 큰 인생을 이루어 낼 수 있으며, 내가 가진 가능성이 이전보다 훨씬 크다는 걸 신뢰하는 것이다.

살면서 어떤 순간이 오더라도 고통을 피해 가려는 마음가짐은 버리길 바란다. 인생의 어려움은 슬쩍 오지 않는다. 살짝 오지도 않고 몰래 들어오지도 않는다. 정면에서 다가온다. 따라서 우리도 그 어려운 순간을 정면으로 돌파해야 한다. 고통을 느끼고 있다면 더 성장할 수 있다고 생각하자. 고통이 다가온다면 잘 됐다고 생각하자. 그 어려움을 충분히 겪어 낼 나 자신을 믿어야 한다. 간단히 말해서, 고통은 우리를 더 강력한 존재로 만든다. 작은 시련을 촘촘히 이겨 낸 사람은 더 큰 고통을 감당할 수 있게 되고, 더 큰 고통을 감당하는 사람은 큰 역경도 이겨 낼 수 있다. 핵심은 이런 극복 과정 중에 어떤 현상이 일어나는지 인식하는 것이다.

③ 어려움은 나를 죽일 수도 살릴 수도 있다

인생에서 고통이 유익한 이유는 결핍을 느끼게 만들기 때문이다. 대부분 사람은 결핍이 나쁜 것이라고 생각한다. 결핍으로 인해 내가 불행해졌다고 말하는 경우가 대부분이다. 결핍은 부족한 것이고, 부족한 것은 곧 내가 가지지 못한 것이고, 선천적으로 가지지 못했기에 이렇게 실패했다고 탓한다. 하지만 그것은 어려움이 가져다주는 한 측면만 설명하는 것이다. 이것을 가장 잘 설명하는 한 가지 예시가 있다.

한 가정에서 태어난 두 아들이 있다. 이 가정의 아버지는 심한 알콜 중독자로 가정을 돌보지 않는 사람이었다. 이 가정에서 자란 두 아들 중에 형은 자라서 크게 성공한 사람이 되었고, 동생은 알콜 중독자로 실패한 인생을 살게 되었다. 어떻게 한 가정에서 이토록 판이한 두 인생이 어떻게 나올 수 있었을까? 이유가 궁금해진 한 기자가 이 두 사람을 찾아가 인터뷰를 했다. 두 사람에게 어떻게 이런 인생을 살게 되었는지 물어보았고, 두 인터뷰가 끝난 뒤 기자는 놀라움을 감추지 못했다. 왜냐하면, 두 사람의 대답이 같았기 때문이다.

성공한 형은 기자의 질문에 이렇게 대답했다.

내가 어떻게 성공하지 않을 수 있습니까? 내 아버지를 보면 알 수 있지 않습니까?

실패한 동생은 이렇게 대답했다.

내가 어떻게 실패하지 않을 수 있습니까? 내 아버지를 보면 알 수 있지 않습니까?

위 이야기에서 볼 수 있듯이, 결국 인생은 우리가 어떻게 생각하고 어떻게 바라보는지에 따라 천차만별로 달라진다. 아무런 고통이 없는 인생을 바라지 마라. 시련이 없는 인생은 변화의 기회가 단 한 번도 주어진 적이 없는 인생이다. 아무 문제 없이 성장하는 사람에게 작은 어려움이 닥치면 그 사람이 느끼는 고통은 어마어마하게 크다. 고통을 겪고 이겨내 본 적이 없기 때문이다. 그런 사람에게는 쉽게 성장할 기회도 오지 않는다. 교육의 기회가 많을지언정 성장의 기회는 없는 것이다. 따라서 우리는 인생의 어려움을 성장의 기회로 삼아 성공으로 가는 지름길로 삼아야 한다. 시련이 어떤 각도에서 찾아오든 유익한 방향으로 꺾어 내면 된다. 어떤 경우에도 온실 속 화초를 부러워하지 말고 비바람을 견뎌낼 수 있는 거목으로 성장할 생각을 하라. 당신의 마음에 심어진 씨앗은 거목으로 성장할 수 있는 씨앗이다. 스스로 가능성을 신뢰하고 비바람을 이겨내면 당신은 꽤 많은 사람에게 쉼을 제공할 수 있는 큰 나무가 될 수 있을 것이다.

❼ 열등감을 연료로 바꿔라

열등감의 사전적 정의는 이렇다.

열등감 : [심리] 자기를 남보다 못하거나
무가치한 인간으로 낮추어 평가하는 감정.

살아가면서 열등감을 한 번도 느끼지 않아 본 사람이 어디 있을까. 사람은 사회적 동물이고, 결국 더불어 살아가는 것을 피할 수 없다. 그러다 보니 자연스럽게 비교하는 마음이 들고 남보다 못한 나 자신을 발견하게 된다. 도태된 자신을 발견하는 것은 의외로 일찍 찾아오는데, 빠르면 네다섯 살에 느끼기도 한다. 시험을 보고 틀렸다는 말을 듣고, 잘못했다는 말을 듣고, 그렇게 하면 안 된다는 말을 들으며 내가 잘못하고 있다는 인지를 하게 된다. 그리고 항상 옆에는 나보다 잘하는 사람이 존재하기에 우리는 이런 현상을 죽을 때까지 겪을 것이다.

이런 경험이 수년간 쌓이면 남보다 나은 자신을 발견하려고 든다. 각자가 특별하다고 생각하지 않고, 남보다 더 낫거나 남보다 못하다고만 느끼는 이분법적 사고를 가지게 되는 것이다. 이 얼마나 무서운 경쟁 사회인지. 그 과정에서 수많은 사람이 자신만의 아이덴티티와 용기를 잃고 있다. 자신이 할 수 있는 건 없다는 패배감이 내면 깊숙한 곳에 자리 잡아 열등감을 가진 채 인생을 살아가는 것이다.

처음으로 열등감을 느꼈던 때가 언제인가 돌이켜보니 초등학생 때였다. 그 이후로 나는 타인과 비교되면서 살아왔고, 집 안에서도 집 밖에서도 학교에서도 항상 비교의 대상이었다. 그런 이유로 대부분의 시간 동안 나는 남보다 못한 아이로 살아왔다. 대학교 때도 그랬고, 대학을 졸업한 후 직장에서도 그랬다. 그리고 그 생각은 30살이 넘어서 비로소 깨지게 됐다. 내가 스스로 사업을 시작하면서 더는 비교할 존재가 사라지게 된 것이다.

이런 인생을 살아온 것이 비단 나뿐일까? 그렇지 않다고 생각한다. 거의 모든 사람이 아주 긴 세월 동안 비교와 열등감을 느끼며 살아간다. 그게 심해졌을 때 열등감은 인생에 각인되어 떨쳐내지 못하는 악몽 같은 존재가 된다. 무서운 점은 자기 자신을 사랑하지 못하게 된다는 점인데, 내가 나를 사랑하고자 하면 열등감은 큰 벽이 되어 사랑스러운 내 모습을 절대 보지 못하게 시야를 가려 버린다.

이 문제는 높은 자존감으로 해결할 수 있다. 열등감을 이기는 건 내가 남보다 더 나은 사람이라고 생각하는 것이 절대 아니다. 나만의 고유한 멋진 모습이 내 안에 담겨 있다고 생각하는 것이 중요하다. 이 생각을 하는 순간부터 벽의 가장 높은 곳에서부터 부서지는 변화를 느낄 수 있다. 나만 가지고 있는 특별한 것이 있다는 생각, 그리고 그것을 통해서 사람들을 도와줄 수 있고 사람들에게 사랑받는 존재가 되기 충분하다는 생각의 반복을 통한다면 거대한 열등의 벽이 서서히 가루처럼 흩어질 것이다.

부디 생각의 반복과 자신에게 해주는 말의 힘을 가벼이 생각하지 않기를 바란다. 그런 한두 마디의 말이 인생에 습관이 되고, 그 습관이 반복되면 그 생각은 어느새 믿음으로 성장해 있다. 단단한 자존은 한 번의 시도로 변화를 이루어 낼 수 없다. 필요하다면 스스로가 얼마나 특별한 존재이고 내가 가진 특이하지만 재밌는 재능에 대해서 글을 쓰며, 그로 인해 다른 사람에게 일어났던 인생의 성과에 대해서도 자세하게 적어보자. 그리고 마지막에 여기까지 달려온 나를 위한 격려의 메시지를 적어보자. 의외로 내가 할 수 있는 일은 다양하고 방대하다. 여기에 내가 하고 싶은 일, 세상에 이바지하며 다른 사람에게 선한 영향을 줌으로써 보람을 느끼고 싶은 일까지 더해진다면 그것만으로도 아주 특별하고 가득 찬 존재로 거듭나게 될 것이다.

현재 당신이 자신을 어떻게 생각하는지는 중요하지 않다. 지금 우리가 하는 생각마저도 과거의 경험과 반복적으로 들은 말에 의해서 생겨난 일종의 결과물에 불과하기 때문이다. 당신이 현재 나에 대해 어떻게 생각하든 당신은 특별하다. 그대의 생각과 상관없이 당신은 놀라운 일을 해낼 수 있는 사람이고, 사람들의 박수를 받고 사람들이 좋아하는 모습을 내면에 가지고 있는 존재다. 당신이 이런 존재라는 사실을 강력하게 인지하고 그런 사람처럼 걷고 말하고 행동할 때 어느새 열등감은 사라지고 단단해진 자존감을 발견하게 될 것이다.

거울 앞으로 가서 내 모습을 바라보자. 현재 나의 모습이 맘에 들지 않는가? 괜찮다. 현재 나의 모습이 못생겼다고 생각하는 것. 현재 나의 모습이 만족스럽지 않다고 생각하는 것. 모두 상관없다. 중요한 건 현재 보이는 그 껍

데기 속에 있는 놀라운 나의 모습이 있다는 것이다. 맑은 하늘, 그리고 나 사이에 먹구름이 끼어 있다고 생각하자. 내가 해야 하는 일은 열등감으로 자존감이 낮아진 먹구름 같은 모습을 걷어내는 것이다. 파란 하늘은 이미 존재한다. 먹구름이 사라지고 나면 자연스럽게 드러난다. 먼 곳을 바라보면 비가 오지 않는다는 사실을 발견할 수 있듯 이미 인생 곳곳에 발전 가능성의 증거가 존재한다. 무엇보다 중요한 가치는 열등감이 사라지고 나다운 인생을 사는 진짜 나의 모습이 어떠한가이다. 무엇이 됐든, 당신은 이미 충분한 가능성을 가지고 있다.

자이언트, 내 안에 숨은 거인을 찾는 책의 여정이 어떠했는지 조심스레 묻고 싶다. 어떤 사람은 스스로가 인지하지 못하는 사이 성공이 깃들어 새로운 마인드로 인생의 문을 열었을 수도 있고 어떤 사람들은 다소 실망스러울 수도 있을테다. 작년 한 해동안 페이서스코리아는 '매일 1% 성장'이라는 슬로건으로 성장을 독려했다. 매일 1% 성장이라는 슬로건을 떠 올리면 나는 아주 어린 아이에게 매일 한 입씩 이유식을 떠먹이는 장면을 연상한다. 그만큼 나의 성공 마인드셋은 연약한 상태인 것이다. 사람들은 마인드셋을 마치 다 자란 어른으로 오해하는 경우가 많다. 마음만 딱 먹으면 행동하고 달라질 수 있다고 믿는 듯 하다. 하지만 그렇지 않다. 어린 아이에게 어른의 식사를 먹인다고 아이가 2배로 빨리 크지 않듯이 매일 정해진 양만큼의 성장이 더욱 중요한 것이다. 조급한 마음에 아이에게 어른의 양을 먹여 건강(마인드)을 해치는 모습을 보면 안타깝기 그지없다. 매일 1% 성장은 새롭게 태어난 '성공'이라는 아이를 꾸준히 키워오게 만드는 건강한 슬로건이었다.

하지만 언제까지 어린 아이로 살 순 없다. 이제 성장한 아이는 그에 걸맞은 다양한 여건과 상황이 주어져야 한다. 어린 아이와 같은 나의 마인드는 이제 강력한 성장기에 접어들고 그 아이를 거인처럼 거대하고 든든하게 만들어 주어야 한다. 이것이 바로 '자이언트 프로젝트'다. 내 안에 있는 성공 마인드 당신의 마음 속에 있는 '그 존재'는 얼마나 성장하였는가? 책을 집어든 당신에게 강렬한 성장의 계기가 제공되길 바라는 마음이다.

뼈 때리는 조언은 그러한 의미에서 시작됐다. 아이가 장성할 때 항상 격려하는 태도는 오히려 독이 된다. 어느 순간엔 올바른 방향을 제시받아 조금 아프더라도 필요한 활동을 해야한다. 좋아하는 일만 할 순 없다. 나에게도 그런 시기가 있었다. 용납하고 싶지 않는데 멘토의 말은 너무나 옳았고 그 말을 거스르면 결국 나의 퇴보로 이어진다는 두려움이 공존했다. 성장에 강한 강한 열망과 아프지만 마인드의 썩은 부위를 도려내는 과정에 대한 두려움이 공생했다. 깨달음은 항상 지난 후에 온다고 했던가. 돌아보니 옳다. 지나보니 그 과정을 피하지 않고 견뎌온 나 자신이 이토록 자랑스러울 수 없다.

사람들은 오해한다. '대표님은 어디서든 리더로 지내셨을 듯 해요'라고 말한다. 그건 사실이 아니다. 오히려 과한 주도성으로 어디에서든 환영받지 못했다고 표현하는 것이 옳다. 고작 2-3년 전까지만 해도 주목의 'ㅈ'도 받지 못하는 사람이었으니 칭찬에 감사드리나 표정은 겸연쩍다. 매번 과분한 칭찬을 받을 때마다 되새기는 질문이 있다.

'나는 왜 그동안, 그토록 방황하였을까?'

'이 방황을 좀 더 일찍 끝낼 수 있었다면 덜 고통스럽지 않았을까?' 생각해본다. 아, 물론 스스로 알고 있다. 모든 과정은 인생의 거름이라 허투루 쓰이는 법이 없다. 그러나 방황의 원인을 탐색하고 싶은 마음이다. 결론은 바로 '변명'과 '핑계'였다. 그래서 뼈 때리는 조언에 '변명하지 마라'는 챕터와 함께 '누구의 탓인가' 라는 챕터를 넣었다. 방황을 주도했던 가장 핵심적인 인생의 악역은 바로 오너십(ownership)의 부재였다. 다른 사람들의 탓을 하며, 세상의 탓을 하며 부모님 탓을 하며, 상황을 탓하며 지내왔다. 정말 어쩔 수 없는 상황도 물론 있다. 그러나 그 상황이 변화를 하지 않는 아주 타당한 이유가 돼서는 안된다.

'변명은 타당할수록 하지 않아도 되는 좋은 이유가 된다.'

짐 론의 말처럼 성공하는 것이 쉽지만 성공하는 사람들이 적은 이유는 성공하지 않는 것 또한 쉽기 때문이다. 여기서 우리는 토니 로빈스의 조언을 기억해야 한다.

'해야지(should)에서 무조건 해야한다(must)로 바꿔야 성과를 경험할 수 있다.'

앞으로 일어나는 모든 일은 남 탓처럼 보이는 나의 탓이다. '내가 좀 더

기민했더라면, 내가 좀 더 신경썼더라면, 내가 먼저 행동했더라면'이라 생각하고 나의 변화를 종용하자. 스스로에게 변화의 이유와 계기를 제공해보자.

자이언트(giant), 모든 사람 안에는 현재 나보다 더 강력한 힘을 가진 거인이 깃들어 있다. 그것은 이미 내 안에 잠들었던 가능성이다. 하지만 마지막 순간에 어떤 사람은 세상에 족적을 남긴 거인으로 죽고 누군가는 난쟁이로 죽을 것이다. 이 글을 적으며 아래 문장을 다시 한번 되뇌인다.

'현재의 나보다 더 강한 힘을 가진
나 자신을 발견하는 것만이 해답'

이 책을 통해 스스로의 힘을 발견하는 강력한 계기가 되길 바란다. 시중에 많은 책들이 이미 실패, 열정, 실천 등 다양한 주제를 다루기에 본 책을 통해 '가능성'이라는 키워드를 제안하고 싶었다. 단기적인 성과가 아닌 장기적 성과는 오직 자기 자신이 직접 키워낸 자주 주체성만이 나는 인간을 바꿔낼 수 있다고 믿는다. 이미 걸어온 발자취를 통해 성공의 흔적을 발견하고 새로운 미래를 개척하길 바라며 결국 '성공'이라는 결승선을 통과해내는 희열을 경험하길 바란다. 자이언트 프로젝트에 함께 참여하게 된 당신을 응원한다.

Secret QR

내면의 거인을 깨우는 방법

GIANT

초판 발행 | 2023년 01월 19일

지은이 | 페이서스코리아(고윤)
표지 | 구경표 (@paint_kk)
펴낸곳 | Deep&Wide
발행인 | 신하영 이현중
책임편집 | 신하영 이현중
도서기획 | 신하영 이현중 윤석표
주소 | 서울특별시 마포구 성미산로1길 21 사울빌딩 302호
이메일 | deepwidethink@naver.com
ISBN | 979-11-91369-34-2 (03810)